숲에서 만나다

이 책은 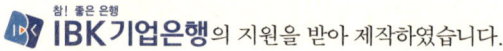 국립공원관리공단 KOREA NATIONAL PARK SERVICE 에서 기획하고

참! 좋은 은행 IBK 기업은행의 지원을 받아 제작하였습니다.

숲에서 만나다

최창남 지음

뿌리와
이파리

우리 안에 있는 미래

우리는 우리 곁에 있는 것들의 가치를 잊을 때가 참 많습니다. 사람이 숨을 쉬고 사는 데에 반드시 필요한 산소의 가치를 쉽게 잊고 사는 것처럼 말입니다. 우리는 산소가 늘 우리 곁에 있는 것이라고 생각합니다. 하지만 산소는 당연히 존재하는 것이 아닙니다. 숲과 나무에 의해 생산되는 것입니다. 산소만 그런 것이 아닙니다. 흙도 마찬가지입니다. 흙 역시 늘 있어왔기에 당연하게 여깁니다. 아마도 흙의 소중함에 대해 단 한 번이라도 생각해 본 적이 있는 사람은 거의 없을 것입니다. 흙이 훼손되면 흙 속에 삶의 터전을 마련한 수많은 미생물들과 작은 생물들은 살아갈 수 없게 됩니다. 흙 속에 사는 미생물들과 작은 생물들이 죽으면 풀도, 나무들도 살아갈 수 없게 됩니다. 그리고 풀과 나무들이 죽으면 동물들과 사람들도 살아갈 수 없게 됩니다.

흙은 고체와 액체와 기체로 이루어져 있는데, 고체는 광물질과 부엽토로 이루어져 있습니다. 나머지는 흙 알갱이들 사이의 빈 공간입니다. 그 공간은 물과 공기로 채워져 있습니다. 두더지나 지렁이들은 흙을 건강하게 만드는 일등공신입니다. 지렁이나 두더지들이 흙을 헤집고 다닌 길로 공기가 채워지고 물이 흐르기 때문입니다. 이렇게 건강해진 흙 한 줌에는 60억 마리 이상의 박테리아와 생물들이 삽니다. 산불이나 태풍, 혹은 개발 등으로 인해 손상을 입은 숲이 다시 울창해지는 데에 걸리는 시간보다, 훼손된 흙이 다시 식물이 자랄 만한 흙으로 회복되는 데에 훨씬 오랜 시간이 걸립니다. 그러므로 흙은 더욱더 온전히 보존해야 할 생명의 바탕입니다.

그 흙과 바위가 모여 산이 되고, 그 흙에서 풀과 나무가 자라 숲을 이룹니다. 그러므로 흙은 숲의 어머니라고 부를 만합니다. 그렇게 따스한 흙의 품에 뿌리내리고 자란 나무들은 우리가 광합성이라고 부르는 탄소동화작용을 합니다. 지구 온난화의 원인이 되는 공기 중의 이산화탄소를 흡수하여 자신에게 필요한 포도당을 생산합니다. 그 과정에서 자신에게는 필요하지 않은 가스를 외부로 방출하는데, 그것이 바로 우리가 숨을 쉬며 살아가는 데에 반드시 필요한 산소입니다. 사람과 동물들은 식물이 만들어내는 부산물인 산소로 인해 하루하루 살아갈 수 있는 것입니다. 숲이 만들어내는 산소 없이는 사람과 동물은 한순간도 살아 있을 수 없습니다.

숲은 지상 모든 생명의 근원입니다. 생명들을 살아가게 할 수도 있고, 사라지게 할 수도 있습니다. 울창하고 건강한 숲들이 곳곳에 존재하면 생명들은 살아갈 수 있겠지만, 숲이 사라진다면 생명들도 함께 사라질 것입니다.

하지만 생명의 바탕이 되는 숲은 무서운 속도로 파괴되고 있습니다. 세계적으로 보면 매년 남한 면적의 1.6배에 달하는 1600만 헥타르의 숲이 파괴되고 있습니다. 한때 지표면의 50퍼센트 이상을 차지하던 숲은 현재는 30퍼센트로 줄어들었습니다. 이런 추세로 계속 숲이 사라진다면 머지않아 전 세계는 산소 부족이라는 심각한 사태를 마주하게 될 것입니다. 산소를 사서 마셔야 하고, 산소가 공급되는 제한된 공간 안에서만 살게 되는 공상과학 영화에나 나오는 삶을 살게 될지도 모릅니다.

숲이 중요한 이유는 산소를 생산해내기 때문만은 아닙니다. 숲은 지친 영혼들이 안식을 얻을 수 있는 영성 가득한 공간이기도 합니다. 사람들은 깊고 아름다운 숲에 들어가 위로와 평안을 얻습니다. 사람들은 숲에서 위로와 안식을 얻지만, 역설적이게도 숲은 사람들로 인해 빠르게 사라져가고 있습니다. 이러한 문제가 발생하는 원인은 여러 가지가 있겠지만, 가장 근본적인 것은 자연과의 단절된 채 살아가는 현대인들의 삶의 방식 때문입니다.

　소위 현대화된 문명은 사람들의 생활방식을 완전히 바꾸어놓았습니다. 사람들은 자연과는 완전히 분리된 채 콘크리트벽 속에 갇혀 살아가고 있습니다. 고층아파트에 살며 공중에 떠서 먹고 자며 외출을 할 때도 자동차를 타고 빠르게 이동합니다. 발을 땅에 딛고 흙을 느낄 기회가 없습니다. 숲으로 들어가 풀과 나무와 교감을 할 기회가 차단되어 있습니다. 휴식을 뜻하는 한자의 '휴'(休) 자는 '사람 인'(人) 자와 '나무 목'(木) 자가 합쳐져 만들어진 글자입니다. 사람이 숲에 들 때 안식을 얻을 수 있다는 의미입니다. 하지만 현대인들은 자연과 격리된 채 살아가느라 자연이 주는 안식을 잃어버렸습니다. 점점 자연의 소중함을 잊게 되었고, 더 편리한 생활을 위해 자연을 더 빠른 속도로 파괴하는 데에 소극적 혹은 적극적으로 동조하게 되었습니다. 아파트와 자동차로 상징되는 도시문명은 숲 파괴의 주요한 원인입니다. 하지만 숲을 지키겠다고 이미 정착된 생활방식을 갑자기 바꾸라고 할 수는 없습니다. 바꿀 수도 없습니다. 그러므로 현재의 생활방식을 유지하는 가운데 숲을 지키기 위한 방안을 강구해야 합니다. 변화를 이끌어내야 합니다. 그것은 숲의 생태학적 가치뿐 아니라 인문학적 가치, 미적인 가치를 찾아내고 가르치는 것입니다. 사람들이 깊은 숲에 들어갔을 때 느끼는 평화로움, 위로와 안식 등이 바로 재화로는 헤아릴 수 없는 인문학적 가치, 미적 가치입니다.

이 책은 바로 이러한 인문학적 가치와 미적 가치의 바탕 위에서 쓰여졌습니다. 숲을 알고 지키기 위한 작은 노력입니다. 이 책은 고등학교 1학년 학생인 철수가 삼촌과 함께 백두대간에 자리한 일곱 개의 국립공원을 틈틈이 걸은 이야기입니다. 그들이 만난 숲과 산과 역사와 자신들의 이야기입니다. 생명들의 이야기입니다.

숲은 반드시 지켜져야 합니다. 숲을 파괴하는 것은 단지 숲을 없애는 것이 아니라 우리 모두의 생명을 죽이는 것이기 때문입니다. 숲은 수만 년, 수십만 년 된 오래된 과거가 담긴 공간이 아닙니다. 숲은 우리의 미래입니다. 수만 년, 수십만 년 오랜 세월 동안 우리 곁에 머물고 있는 우리의 미래입니다. 우리 안에 있는 미래입니다. 우리가 살아가고, 우리의 자손들이 살아가야 할 미래입니다. 가치 있고 풍요롭게 살아가야 할 미래입니다.

이 미래를 지키는 데에 이 책이 조금이나마 보탬이 되기 바랍니다.

이 책을 통해 미래의 주인인 청소년들이 자연과 산과 숲을 좀 더 가까이 느끼고 함께 살아갈 수 있기를 바라는 마음 간절합니다.

차례

제1장

지리산국립공원

⋮

백두대간의
또 다른 시작

"

하늘을 흐르던 구름은 엷어지고,
바다 저 끝 수평선에서 빛이 차오르기 시작했다.
붉은빛이 바다 저 깊은 곳에서부터
솟아오르는 것 같았다.

"

백두대간의
첫걸음을 내딛다

하늘에 별 쏟아지고 있었다. 영롱히 빛나는 별들 가물거리며 깊어가는 밤하늘을 가득 채우고 있었다. 별과 별 사이로 또 다른 별들이 은하수 되어 흐르고 있었다. 별빛 내려앉고 있었다. 풀섶에도 나뭇가지에도 손등에도 내려앉았다. 바람 불자 손등에 내려앉은 별빛이 흔들렸다. 그 모습이 마치 작은 요정들이 춤을 추는 것 같았다. 아름다웠다. 초등학교에도 들어가지 못했던 유년 시절, 어디였는지 기억나지도 않는 어느 시골의 깊어가는 밤에 아빠와 함께 보았던 반딧불처럼 영롱하게 빛나고 있었다. 아련하고 황홀했다.

"저렇게 많은 별을 본 적이 언제인지 기억도 나지 않지? 너뿐 아니라 요즘 사람들은 대부분 땅만 보고 다니니 언제 밤하늘의 별을 볼 수나 있었겠니?"

재원 삼촌은 새벽하늘에 쏟아지는 별에 마음을 빼앗긴 듯했다. 내게 말을 건네면서도 별을 바라보고 있었다. 별빛을 눈에 담기라도 하려는 것 같았다. 바람 불어왔다. 초여름에 가까운 5월 말이었지만 이른 새벽 깊은 계곡으로부터 불어온 바람은 서늘했다. 새벽산행으로 달궈졌던 몸은 식고 흐르던 땀은 이내 식었다. 선뜩해졌다. 풀어 제쳤던 옷섶을 여몄다. 이내 따스한 기운이 몸을 감싸는 듯했다.

　　"자~ 그만 쉬고 가자! 너무 쉬면 땀 식는다."

　　어느새 배낭을 멘 삼촌이 재촉했다. 아직 어둠 걷히지 않은 산길에도 별빛 내려와 있었다.　길 양옆으로 커다란 바위가 서 있었다.

　　"저 큰 바위 사이로 들어가는 거야. 개천문(開天門)*이지. 개천문이 무슨 뜻인지 알겠니?"

　　"……."

　　"'하늘을 여는 문'이라는 뜻이지. 우리 조상들은 여기 이 문에서부터는 하늘의 영역에 속한 신성한 공간이라고 생각했어. 지리산이 땅에 있는 산이기는 하지만, 여기서부터는 사람이 함부로 할 수 없는 하늘에 속한 거룩한 땅이라고 생각한 것이지. 지금은 잘 이해 안 되지? 걷다 보면 저절로 알게 될 거야. 이야기할 기회도 많을 것이고. 자, 지금부터 하늘길로 들어간다."

---

* 천왕봉에 오르는 문은 두 개가 있다. 남쪽에서 오르는 '개천문'과 북서쪽에서 오르는 '통천문'이다.

산중은 온통 별빛으로 가득했다. 몇 걸음 걷지 않아 숨이 턱에 찼다. 별빛 부여잡으며 천왕봉을 향했다. 앞서가는 이들의 거친 숨소리도 들리고 뒤따라오는 이들의 발소리도 들려왔다. 천왕봉의 일출을 보기 위해 산을 오르는 것이다. 우리도 천왕봉 일출을 만나기 위해 로터리대피소에서 잔 후 밤을 벗 삼아 길을 재촉하고 있었다.

"걸을 만하니?"

"아니~요~!"

턱에 차오르는 밭은 숨 내쉬며 몇 번인가 발걸음을 멈춘 후에야 비로소 희미하게 표지석이 보였다.

"어서 와라. 고생했다. 장하다. 우리나라에서 백두산, 한라산, 다음으로 높은 지리산 천왕봉(1915m)에 오른 것을 축하한다. 백두대간의 남쪽 문에 들어선 거야."

"……."

대답할 기력이 남아 있지 않았다. 한마디도 할 수 없었다. 숨이 턱까지 차올랐다. 가쁘게 숨을 몰아쉬었다. 아무것도 보이지 않았고 눈에 들어오지도 않았다. 시간이 조금 지나고 숨이 가라앉자 조금씩 주위가 보이기 시작했다. 산줄기들 끝없이 이어져 있었다.

일출을 잘 볼 수 있는 자리로 옮겨 앉았다. 지난밤의 흔적이 남아 있는 산정은 새벽 어스름으로 고요했다. 어스름 사이로 산줄기 첩첩하였다. 골은 골을 부르고 뫼는 뫼를 불러 어디가 뫼고 어디가 골인지 알 수 없었다. 산은 산을 불러 산들 켜켜이 쌓이고 첩첩이 늘어서 그 끝이 어디인지 알 수 없었다. 산이 산을 부르고 골은 골을 불러 어디가 어딘지 알 수 없었다. 끝 모르는 산줄기 위로 새벽 구름 가득하였다. 그 산과 산들, 뫼와 뫼들, 골과 골들 사이로 구름이 흐르고 있었다. 그것은 구름이 아니었다. 강이었다. 하늘을 흐르는 강이었다. 하늘에도 강이 흐르고 있었다. 하늘을 흐르는 강줄기들 사이로 산은 큰 섬이 되고 뫼는 먼 섬이 되어 한가로운 듯 위태로운 듯 머물러 있는 듯 떠내려가는 듯하였다.

"아~!"

절로 탄성이 나왔다. 그곳은 산이 아니라 하늘이었다. 왜 천왕봉에 오르기 전에 개천문을 지나야 하는지 굳이 설명을 듣지 않아도 알 것 같았다. 왜 이 봉우리의 이름에 하늘을 뜻하는 '천'(天) 자가 붙어 있는지 알 것 같았다. 왜 이 봉우리의 이름이 '하늘의 봉우리'인지 알 수 있을 것 같았다.

다섯 시 조금 지나자 하늘을 흐르던 구름은 엷어지고, 바다 저 끝 수평선에서 빛이 차오르기 시작했다. 붉은빛이 바다 저 깊은 곳에서부터 솟아오르는 것 같았다. 하늘도 바다도 온통 붉은빛으로 물들고 있었다. 점점 붉어졌다. 허공에서 튀어나온 듯 해가 불쑥 얼굴을 내밀더니 이내 구름에 가려 보이지 않았다. 해를 품은 구름이 붉어졌다. 장엄하고 황홀했다. 아름다웠다. 짧은 순간이었지만 떠오르는

해를 만났다. 그 순간 가슴에서 무엇인가 쑥 빠져나가는 것 같았다. 청량해진 느낌이었다.

"와아~!"

사람들의 탄성 소리가 산을 울렸다.

"언제 봐도 멋지구나! 조금밖에 보지 못해 아쉽기는 하지만 그래도 일출을 본 거야. 지리산 일출은 삼대의 공덕이 쌓여야 볼 수 있다고 하지. 너는 첫 산행에서 일출을 만났으니 운이 정말 좋은 거야."

나는 가만히 앉아 있었다. 대답을 할 수 없었다. 아무런 말도 할 수 없었다. 그저 말없이 앉아 해를 품어 붉어진 구름이 흐르는 것을 바라보는 것 외에는 아무것도 할 수 없었고, 아무 생각도 할 수 없었다.

지리산(智異山, 1915m)은 백두대간의 남쪽 끝이며 또 다른 시작점이다. 백두대간은 민족의 영산이라고 하는 백두산(2750m)에서 흘러내려 끊어지지 않고 지리산까지 이어져 내려온 산줄기이다. 하나의 산에 여러 봉우리가 있듯이 수많은 산들로 이루어진 하나의 산줄기이다. 그런 의미에서 보면 지리산은 백두산이라고 말할 수도 있다. 그렇기 때문에 고려시대에나 조선시대에는 '백두산이 흘러 내려온 산'이라고 하여 두류산(頭流山)이라는 이름으로도 불렸다. '불복산', '반역산'이라는 다른 이름도 가지고 있었다. 불복산, 반역산이라는 이름은 이성계가 조선 창업을 꿈꾸며 유명한 산을 찾아다니며

기도를 드렸을 때 지리산만 응하지 않았다고 하여 생겨난 이름이라고 한다.*

지리산은 지리적으로 볼 때 한반도의 중심에서 멀리 떨어진 남쪽 변방에 위치해 있을 뿐 아니라 바다에 인접해 있어 외국의 선진 문물을 빨리 접할 수 있는 위치에 있었기 때문에 새로운 사상과 문화의 발상지와 같은 역할도 했다. 그렇기 때문에 지배층의 입장에서만 보면 반역지의 속성이 있었지만, 백성들의 입장에서 보면 새로운 사상의 출발지요 변혁의 근거지이기도 했던 것이다. 지리산은 한반도의 모든 역사가 담겨 있는 산이라고 해도 과언이 아니다. 경남의 함양·하동·산청과 전남의 구례, 전북의 남원 등 3도 5개 시군에 걸쳐 있는 지리산은 영호남 800리에 걸쳐 있는 큰 산줄기이다. 길이 잘 닦여 있는 지금도 이 산줄기를 걸어 넘는 것이 힘든데 그 옛날에는 말해 무엇하겠는가. 이 산줄기를 기준으로 경상도와 전라도가 나뉘고 신라와 백제가 나뉘었다.

지리산 자락에 사람이 살기 시작한 때는 삼한시대까지 거슬러 올라간다. 마한 왕조가 지리산 달궁으로 피난을 오면서부터라고 알려져 있다. 역사적으로 볼 때 지리산에는 많은 전쟁이 있었다. 삼한시대나 삼국시대에는 국경의 접경지대로서 싸움이 끊이지 않았고, 고

___
* 지리산은 이밖에도 여러 이름으로 불렸다. 신선사상을 담고 있는 이름인 '방장산', 산세와 풍모의 미학적 장중함을 담고 있는 '덕산(德山)'이라는 이름으로도 불렸다.

려 때에는 왜구의 침입도 있었고 민란이 일어나기도 했다. 또 조선 시대에는 임진왜란과 정유재란 등의 외세와의 전쟁을 감당해야 했고, 근·현대에는 동학농민운동, 여수·순천사건과 한국전쟁 등으로 피로 얼룩진 전쟁터였다.

이런 역사를 가지고 있는 지리산이 우리나라 최초의 국립공원이 되고, 나아가 세계자연보전연맹으로부터 세계적으로 보호할 가치가 있는 국립공원으로 인정받아 등재되었다는 것은 참 뜻깊은 일이다.

지리산 천왕봉에 아침이 왔다. 삼촌과 나는 가볍게 아침식사를 한 후 서둘러 길을 떠났다. 바위와 그 키 작은 나무들 사이로 길이 있었다.

"저 길이 백두산에서부터 흘러온 길이다. 지금부터 백두산을 향해 걷는 거야. 자, 가자! 백두산을 향한 첫걸음이다."

아무나 쉽게 볼 수 없다는 일출을 본 덕분인지 마음 상쾌하고 몸 가벼웠다. 통천문(通天門)을 지나니 제석봉 고사목 지대였다. 죽은 나무들만 휑뎅그렁한 모습으로 듬성듬성 서 있었다. 50년 전에는 대낮에도 어두웠을 만큼 울창했던 숲이었지만 큰불이 난 후 이런 모습이 되었다고 했다. 그 모습이 낯설기는 하였지만 투명한 하늘과 어울려 멋스러웠다.

햇살 그윽하고 바람 선선했다.

햇살 따라 걷는 듯하고 바람에 실려 가는 듯했다.

"이 나무가 가문비나무야. 지리산의 가문비나무는 백두산과 지리산이 백두대간으로 이어져 있음을 보여주는 증거가 되는 나무야. 고산지대에 사는 나무거든. 가문비나무는 아주 오랜 옛날에는 백두산에서만 살았지. 그런데 빙하기에 가문비나무의 씨앗들이 빙하에 묻어 내려온 것이라고 하더구나. 그러니 지리산의 가문비나무는 백두대간이 하나로 이어진 한반도의 생명의 통로라는 것을 보여주는 나무인 셈이지. 마치 토양의 영양 상태를 알게 해주는 지표식물처럼 백두대간이 한반도의 생명의 통로임을 말해주는 지표나무인 셈이다. 매우 중요한 나무라고 할 수 있지."

"난 소나무, 전나무, 가문비나무 등 도무지 구분할 수 없어. 사실 별로 알고 싶지도 않고."

나는 웃으며 말했다.

"전나무와 가문비나무, 소나무를 구분하는 것도 어렵지 않아. 전나무는 솔방울이 가지 위로 달려 있어. 그래서 햇빛을 많이 받다 보니 바짝 말라 솔방울이 통째로 떨어진 것을 거의 볼 수 없어. 실편 조각들로 흩어져 떨어지지. 솔잎도 묶여 나지 않고. 하지만 가문비나무는 솔방울이 가지 아래로 달려 있어. 그래서 솔방울이 마르지 않아 통째로 떨어져 있지. 잎은 전나무처럼 하나씩 나고. 하지만 소나무는 솔잎이 뭉쳐난단다. 솔잎이 두 개, 세 개씩 한 무리로 묶여서 나. 그 외에 다섯 개씩 묶여서 나는 것은 잣나무야. 어렵지 않지?"

삼촌은 어깨를 으쓱하며 웃으며 말했다.

나는 고개를 끄덕였다.

산길 따라 붉은 철쭉 피어 바람에 한들거렸다. 연하봉 지나고 촛대봉을 지나니 세석고원이었다. 세석고원에도 철쭉 붉게 피어 있었다. 세석에서 잠시 쉰 후 다시 산길 잇자 낙남정맥이 시작한다는 영신봉이었다.[*]

"여기서 물길이 세 갈래로 나누어지거든. 빗방울이 떨어져 어느 쪽으로 흘러가느냐에 따라 우리나라에서 세 번째로 긴 강인 낙동강(513.5km)으로 흘러들기도 하고, 오래전 왜적이 침입했을 때 두꺼비가 울었다는 섬진강(225km)으로 흘러들기도 하고, 낙동강의 제1지류이기도 한 남강(189km)으로 흘러들기도 하지."

벽소령에 머물렀다. 백두대간을 걷는 첫날이고 지리산에서의 첫밤이었다. 훈제된 오리고기를 반찬 삼아 먹을 수 없을 때까지 먹었다. 새벽부터 걸은 탓에 피곤했지만 잠이 오지 않았다. 달빛 구경을 했다. 달빛이 밝다 못해 푸른빛을 띤다고 해서 '푸를 벽'(碧) 자, '밤 소'(宵) 자를 써서 벽소령이라는 이름을 얻었다고 하지만, 그날 밤은

---

[*] 낙남정맥은 지리산 영신봉(1651m)에서 시작하여 낙동강 남쪽을 가로지르며 김해 분성산까지 약 299km를 흐르는 산줄기로서 한반도 13정맥 중 하나이다.

달빛 푸르지 않았다. 하얗다 못해 투명했다. 달빛 푸른 밤이 아니라 달빛 하얀 밤이었다.

삼촌과 나는 달빛 어린 산줄기를 바라보며 잠시 말없이 앉아 있었다. 대피소로 들어와 자리에 누웠다. 삼촌은 헤드랜턴을 켜고 산행 일기를 썼다. 자려 누웠다가 나도 산행수첩을 꺼냈다. 삼촌이 산행 일기를 쓰라고 사준 수첩이다. 첫날인데 한 줄이라도 쓰자. 삼촌을 봐서라도.

종일 맑음.
너무 힘들었음. 앞날이 걱정이다…….

늘 변화하고 새로워지는 숲

아침 햇살 부드럽고 숲은 싱그러웠다. 따스한 햇살이 나뭇가지 사이로 스며들었다. 눈부신 햇살 드리운 숲은 눈부시게 빛나고 있었다. 따스한 햇살 비춘 곳에 어린나무 자라고 있었다.

"어린 신갈나무다. 큰 소나무 아래 몸을 한껏 웅크리고 자신이 쑥

쑥 자랄 수 있는 날이 오기를 기다리고 있는 거야. 참나무는 소나무 다음으로 숲의 주인이 되는 나무야. 너, 숲의 천이(遷移)라는 말 들어봤지?"

나는 고개를 끄덕였다.

"소나무는 혹독한 환경에서도 잘 자라. 선구목이라 부르지. 소나무가 가장 먼저 숲을 이루고, 그 다음에 숲을 지배하는 것이 참나무야. 저 어린 신갈나무는 그것을 알고 기다리고 있는 것이지. 큰 소나무 아래 느긋하게 자리 잡아 기다리며 앞으로 오백 년, 천 년의 긴 세월을 살아갈 준비를 하고 있는 거야. 소나무가 참나무에게 자리를 양보하고 참나무가 서어나무 등에게 자리를 내주는 것이지. 숲은 살아 있어. 눈에 보이지 않을 뿐 한순간도 멈추어 있지 않아. 늘 변화하고 새로워지고 있는 거야."

걷는 내내 '숲은 눈에 보이지 않을 뿐 한순간도 멈추어 있지 않고 새로워지고 있다'는 말이 마음에 남아 말을 거는 듯했다.

연하천 대피소에 잠시 머문 후 명선봉 지나 토끼봉 가까이 이르렀을 때 잠시 쉬었다. 귤을 먹었다. 과즙이 흘러나왔다. 말라 있던 입안이 과즙으로 가득했다. 생기 돌고 힘 솟는 듯했다. 하나만 먹었다. 하나만으로도 충분했지만 귤이 세 개밖에 남지 않아 아껴 먹어야 했다. 어제 너무 힘들어 여러 개를 먹은 탓이다. 삼촌은 자신이 먹을 것은 자신이 지고 가야 한다며 먹을 것을 나누어주었다. '아껴 먹으

라'는 말과 함께. 귤이 담긴 봉지를 배낭에 넣은 후 귤껍질을 숲으로 던졌다.

"숲에다 버리면 안 돼. 가서 주워와."

"왜? 과일 껍질인데……. 먹을 수 있는 거잖아. 동물들 먹으라고 일부러 던져준 건데."

"주워오면 말해줄게. 얼른 주워와."

"아이 참……. 찾기 어려울지도 모르는데……."

나의 투정에도 꿈쩍 않는 삼촌의 눈초리를 등 뒤로 느끼며 숲으로 들어가 귤껍질을 찾아 왔다. 숲 깊었지만 귤껍질을 찾기는 어렵지 않았다.

"버리면 안 돼? 과일 껍질이야 동물들이 먹어도 되는 거잖아?"

"문제가 없는 과일이라면 동물들이 먹어도 될 거라고 흔히들 생각하지만, 그건 하나만 알고 둘은 모르는 생각이야. 전혀 문제가 없는 순수한 유기농 과일이라고 해도 야생동물들에게 주면 안 돼. 그러면 동물들은 힘들게 먹이를 찾는 활동을 하지 않고 쉽게 먹이를 얻을 수 있는 곳만 찾아다니게 되겠지. 과일 껍데기 등을 주는 사람을 쫓아다니거나 쓰레기통을 뒤지거나 하겠지. 그러다 사람이 잘 오지 않고 쓰레기도 거의 없는 겨울이 되면 먹이를 구하지 못하게 돼. 야생 상태에서 먹이를 구하는 활동을 오래도록 하지 않았기 때문에 생존력이 떨어진 야생동물은 먹이를 구하지 못해 죽을 수도 있어. 동물에게 먹이를 준다고 던져준 것이 오히려 동물에게 해를 끼치고 죽일 수도 있는 거야. 그런데 문제는 그것뿐만이 아니야. 네가 조금 전 던진 그 귤껍질은 야생동물들이 먹어서는 안 되는 거야."

삼촌은 나를 힐끗 쳐다보더니 다시 말을 이었다.

"문제가 전혀 없는 과일 껍질들도 야생동물들을 주면 안 되지만, 우리가 먹다 버린 그 귤껍질 등은 야생동물들은 먹어서는 안 되는 거야. 그 껍질에는 농약이 묻어 있어. 살균제, 살충제도 들어 있고, 과일을 싱싱하게 보이기 위해 반짝반짝 윤이 나게 만드는 코팅제 같은 농약도 쓰지. 그러니 동물들은 먹으면 안 되는 거야. 동물들은 사람과 달라서 아주 소량의 농약도 치명적일 수 있거든. 그리고 그런 농약 때문에 잘 썩지도 않아. 그러니 자연 환경과 미관을 해칠 뿐이야. 그러니까 산행은 '흔적 남기지 않기'라고 할 수도 있어. 흔적을 남기지 않는 산행이 좋은 산행이야. 아시겠어요, 철수 씨?"

삼촌이 나를 보며 말했다. 빙그레 웃고 있었다.

나는 좀 멋쩍어졌다.

"알았어~!"

내 목소리는 내가 듣기에도 멋쩍고 다소 쑥스러운 느낌이 묻어 있었다.

"쑥스러워 하기는……. 괜찮아. 사람하고 동물은 다르다는 것만 기억하면 돼. 사람들은 다른 생명들이 다 사람들과 같을 거라고 생각하는 경향이 있거든."

삼촌이 내 어깨를 가볍게 치며 말했다. 삼촌은 웃고 있었다.

화개재였다. 조선시대에 연동골을 따라 올라오는 경남의 소금과 해산물, 뱀사골로 올라오는 전북의 삼베와 산나물 등을 물물교환하던 장이 섰다는 곳이다. 계단이 까마득했다.

"계단 숫자가 594개야. 그래서 594계단이라고 부르지. 괜찮니? 아픈 데 없어?"

"왜 아픈 데가 없겠어? 발바닥도 아프고 발가락도 아프고, 허벅지도 아프고, 힘도 빠졌고. 하지만 아직은 괜찮아. 걸을 수 있어."

밭은 숨을 내뱉으며 삼도봉에 올랐다가 산길 이으니 노루목이었다. 조선시대 선조 임금 때 의적 임걸년이 자주 나타났다는 임걸령을 지나고 돼지령에 이르렀을 즈음에는 발걸음을 떼기 힘들었다. 한 걸음 한 걸음 천천히 걸었다.

노고단에 들어섰을 때 하늘 저편으로 붉은 노을 깃들고 있었다. 천왕봉의 일출처럼 장엄하지는 않았지만 아름다웠다. 가슴 가득 붉은 노을이 젖어 들었다. 종일 걸으며 마음을 오고갔던 생각들은 어느새 잦아들고 마음은 가라앉았다. 왜 그랬을까. 지는 노을 붉어서 그랬을까. 슬퍼졌다. 하늘만 붉은 것이 아니었다. 산도 나무도 나뭇잎도 모두 붉었다.

여러 해 전 돌아가신 아버지가 생각났다. 보고 싶었다.

붉은 노을을 따라 어둠이 내려왔다.

'일기는 개나 줘버려라.'

혼잣말을 하며 쓰러져 잠들었다.

시간을 넘어
마한의 역사를 만나다

"여기가 성삼재야. 옛날에 삼한시대에 마한의 왕이 성이 다른 세 명의 장군에게 지키게 했다고 해서 붙은 이름이야. 지리산의 지명들에는 삼한시대의 역사가 그대로 아직 남아 있단다. 예를 들면 여덟 명의 장수를 보내 지키게 한 곳은 팔랑치, 황 장군을 보낸 지킨 곳은 황영재라고 불리게 된 거야. 당시 마한 왕조가 쌓았던 성의 흔적들은 지금도 많이 남아 있어. 만복대에서 정령치, 고리봉을 지나 여원재에 이르는 능선 곳곳에 남아 있지. 기원전 78년에 쌓았던 옛사람들의 흔적들이 남아 있는 것이지. 우리는 잊고 지내지만, 이런 게 역사야."

삼한시대에 진한 등에 쫓긴 마한 왕조는 지리산에 들어왔다. 뱀사골 입구인 반선을 조금 지나 있는 달궁 마을에 왕궁을 세웠다고 알려져 있다.* 기원전 78년의 일이었다. 우리 역사에서 완전히 잊힌 달궁이 사람들 앞에 다시 나타난 계기는 1928년 7월의 홍수였다. 심원 계곡에서부터 불어난 계곡물이 쏟아지면서 흙을 쓸어가는 바람에 달궁 터가 드러났던 것이다. 물이 쓸고 내려간 자리에는 건물의 주춧돌과 질그릇 시루, 청동제 수저 수십 벌, 구리거울, 활촉 등이 출토되었다. 그러나 일제가 가져가버려 지금은 행방을 알 길이 없다고 한다.

고리봉에서 만복대, 정령치로 이어지는 능선에는 당시 쌓았던 토성의 흔적이 남아 있다. 마한의 정 장군이 달궁계곡의 도성을 지키기 위해 쌓았다는 성이다. 이천 년도 훨씬 넘은, 까마득한 옛날이라고 할 수 있는 마한의 역사들이 오늘까지 지명에 그대로 남아 우리에게 잊힌 마한의 역사를 전해주고 있는 것이다.

"이천 년도 넘은 이야기야. 실감이 나니? 실감이 날 리가 없겠지. 사실은 나도 안 나니까. 하지만 우리는 정말 놀라운 역사의 현장에 서 있는 거야. 이천 년도 전에 붙인 이름들이 그대로 남아 있는 곳에 와 있는 거니까 말이야. 이천 년 전에 사람들이 여기서 성도 쌓고, 집도 짓고 살았다는 말이지. 이천 년 전과 오늘이 공존하고 있는 공

---

* 김경렬 씨는 저서 『다큐멘타리 르포 지리산 2』에서 달궁 계곡이 마한 왕조의 피신처였음을 밝혔다.

간에 너와 내가 있는 거야. 대단하지? 한마디로, 좀 폼 나게 말하면, 시간을 잃어버린 땅이라고 말할 수 있지. 최소한 이곳에서는 사람으로서는 상상도 할 수 없는 이천 년이라는 시간이 별 의미를 갖지 못하니 말이야."

"그렇다면 마한의 역사는 틀림없는 우리나라의 역사인데, 성이나 흔적들을 찾아 보존해야 하는 거 아니야? 별로 그런 흔적들을 발견하지 못한 것 같은데……."

"그렇지. 그렇게 하는 것이 맞는데 아직은 그렇게 하지 못하고 있는 것 같다. 물론 개별적으로 관심을 가지고 있고 노력하는 분들은 있는 것 같은데 말이야. 정부 차원에서는 아직 제대로 못하고 있는 것 같아."

삼촌은 가볍게 흥분한 듯했다. 삼촌의 그런 모습을 보며, 백두대간을 걷자고 내게 처음 말하던 날이 생각났다. 백두대간을 처음 걷는 것도 아니면서 삼촌은 그날도 조금 들떠 있는 것 같았다. 나와 함께 걷는다는 것 때문이었던 것 같다.

"백두대간 함께 걸을래? 모든 구간을 다 걸을 필요는 없으니 주말이나 휴일을 이용해서 시간 될 때마다 가자꾸나. 몇 군데만 다녀보지. 길게 걸어야 될 때에는 가끔 학교 빼먹기도 하고."

"산길 걸어서 뭐하는데?"

좀 시답잖다는 표정으로 대답했지만, 산에 가는 것이 그리 나쁘지만은 않았다. 가끔은 학교를 빠질 수도 있다는 말도 크게 위로가 되었다.

"산에 가면 맛나는 것도 없을 텐데…… 폰은 터지나?"

"요새 폰이 안 터지는 산이 어디 있니? 또 우리는 주로 큰 산만 갈 거야. 국립공원 말이야. 그러니 걱정할 것 없어. 맛나는 것이야 산행 끝나고 식당에 가서 먹으면 되지. 그게 뭐 어렵나? 가자."

별 대단하고 신통한 이야기도 없이 우리의 산행은 그렇게 시작되었다. 그리고 시간은 어김없이 흘러 첫 산행이 끝나가고 있었다.

태어나서 처음 해본 지난 사흘 동안의 산행으로 오른쪽 두 번째 발톱은 피가 터져 발갛게 변했고 온몸은 근육통으로 안 아픈 곳이 없었다. 하지만 기분이 나쁘지만은 않았다. 친구들과 게임방에서 죽칠 때와는 달리 마음 가볍고 상쾌했다.

무성한 억새풀 사이로 산길이 나 있었다. 바람에 억새풀 흔들렸다. 그 모습이 어서 오라고 손짓하는 것 같았다. 좀 걷자 걸음에 익숙해지는 탓인지 근육통이 조금씩 사라졌다. 발걸음 가볍고 기분 상쾌했다. 섬진강을 거슬러 올라온 소금배를 묶어놓는 고리가 있었다는 전설을 지니고 있는 작은 고리봉(1248m)에 오르니 만복대가 저만치 보였다. 만복대 오르는 길은 부드럽고 완만했다. 키 작은 관목들과 빼곡히 자리한 억새풀 사이로 난 길은 아늑했다. 바람 불어 억새풀 일렁일 때마다 산은 은빛 물결로 출렁였다.

만복대(1238.4m)에 올랐다. 노고단과 함께 지리산의 서부를 이루고 있는 봉우리다. 가쁜 숨 몰아쉬며 지나온 길 돌아보니 걸어온 길이 눈앞에 있었다. 멀리 천왕봉에서부터 서쪽으로 흐르고 흘러 노고단에 다다른 산줄기가 급하게 북쪽으로 방향을 틀어 만복대까지 흐르던 길을 삼촌은 다시 하나하나 일러주었다.

'참 많이도 걸어왔구나. 언제 저렇게 많은 산들을 넘어왔을까.'

한 걸음 한 걸음 걸어서 이곳까지 온 것이다. 발바닥도 아프고, 발톱은 쿡쿡 쑤시는 것이 아무래도 빠질 것 같고, 종아리와 허벅지의 통증도 점점 심해지고 있었지만, 뿌듯한 마음에 한편으로 자랑스러웠다.

가야 할 길을 바라보았다. 길은 끝없이 이어져 있었다. 알 수 없는 그 무엇이 기다리고 있는 것만 같았다. 아직은 실감할 수 없는 멀고도 먼 길이 기다리고 있는 것 같았다.

"이 길로 계속 가면 백두산까지 갈 수 있다는 거지?"

"그래. 하지만 네가 알다시피 휴전선 때문에 우리는 진부령까지만 갈 수 있다. 언제쯤 걸을 수 있게 될지 알 수 없구나. 통일이 되면 가능하겠지. 힘들지?"

"기분은 괜찮은데……. 몸은 사실은 죽을 지경이야. 아직 많이 가야 해?"

"계획대로라면 좀 더 가야지. 오늘은 조금만 더 가자. 원래는 고기리까지 가야 하는데 정령치에서 끝내자꾸나. 가다 못가면 쉬어 가면 되지, 죽기 살기로 갈 것은 없다. 여기서 내려가면 정령치니까 조금만 가면 된다. 첫 산행인데 무리할 필요 없으니 내려가서 맛나는 것 사 먹고 집에 가자."

산행을 마치자는 삼촌의 말을 들으며 나는 활짝 웃었다. 나도 모르는 사이에 저절로 웃음이 나왔다. 내 기억으로는 가장 활짝 웃었던 것 같다. 몸이 몹시 힘들었던 터에 '이제 살았구나' 하는 생각에 절로 웃음이 나왔다. 그런 나를 보며 삼촌도 따라 웃었다.

햇살 눈부시고 바람 선선한 날이었다.

지리산국립공원의 깃대종

히어리 *Corylopsis gotoana var. coreana*

영명 Korean Winter Hazel

멸종위기야생동식물 Ⅱ급. 한국특산식물

| 사는 곳 | 전라남도, 전라북도, 경상남도, 경기도 백운산 등. 지리산국립공원에서는 구례 천은계곡, 산청 대원사계곡, 하동 대성계곡, 남원 뱀사골계곡 등 저지대에서 관찰된다.

| 생김새 특징 | 잎이 지는 작은 키 나무

| 생태적 특징 | 4월에 길게 늘어진 노란색 꽃이 잎보다 먼저 피고, 지리산국립공원에서는 산 정상이 아닌 산록부 양지바른 지역에서 관찰된다.

▶ **깃대종(flagship species)이란?**

특정 지역의 생태 · 지리 · 문화적 특성을 반영하는 상징적인 야생 동식물을 말한다. 1993년에 국제연합환경계획(UNEP)이 제시한 개념으로, 그 지역의 생태계를 회복하는 개척자라는 이미지를 깃발의 의미로 형상화하여 깃대라는 표현을 쓴다.

반달가슴곰 *Ursus thibetanus ussuricus*

영명 Asiatic Black Bear

멸종위기야생동식물 Ⅰ급. 국제적 멸종위기종 Ⅰ(CITES).

천연기념물 제329호

| **사는 곳** | 설악산과 지리산에서 관찰된 기록이 있다.

| **생김새 특징** | 몸은 검정색이며, 가슴에 V자 모양이 있는 것이 특징이다.

| **생태적 특징** | 몸무게는 80~250kg이며, 수명은 야생에서 25년쯤 사는 것으로 알려져 있다. 겨울잠을 자며 바위굴이나 나무구멍을 이용한다. 우리나라에 서식하는 곰 종류는 반달가슴곰과 불곰이 있는데, 불곰은 북한에만 사는 것으로 알려져 있다.

| **먹이** | 도토리, 열매, 산나물, 가재, 꿀 등

| **특이사항** | 현재 지리산국립공원에서는 반달가슴곰 복원사업이 진행되고 있다. 지리산국립공원을 대표하는 상징종으로서 국민적 관심이 높다.

지리산국립공원의 프로그램

| 반달가슴곰과 함께 떠나는 노고단 여행 |

우리나라 최초의 국립공원 지리산의 역사와 자연생태를 체험하고, 지리산을 대표하는 멸종위기종 반달가슴곰 복원 현장을 둘러본다.

| 지리산과 함께 하는 무한상상 자연 실험교실 |

지리산국립공원의 자연을 주제로 한 과학실험을 통해 미래 세대의 상상력을 자극하고, 지속적인 체험을 통해 자연과 친숙해질 수 있도록 도와준다.

| 역사의 아픔을 간직한 연곡사 |

연곡사의 문화재에 대해 알아보고 지리산의 아픈 역사를 설명하여 국립공원 내의 역사·문화 자원에 대한 중요성과 불교문화에 대한 이해를 높인다.

| 지리산 뱀사골로 떠나는 테마여행 |

국립공원 제1호 지리산이 품은 풍부한 자연자원과 깊은 역사를 경험하고 나아가 저탄소 녹색성장을 이해한다.

* 이 책에 실린 국립공원의 프로그램들은 사정에 따라 변경될 수 있다. 구체적인 프로그램에 관한 정보는 국립공원관리공단(http://www.knps.or.kr) 사이트의 탐방프로그램 예약 페이지에서 확인할 수 있다.

국립공원 알아보기

국립공원이란 제도는 세계 최초로 미국에서 시작되었다. 그러므로 미국 최초의 국립공원이 세계 최초의 국립공원이다. 미국 최초의 국립공원은 전 세계인의 사랑을 받는 옐로스톤 국립공원이다. 1872년 3월 1일, 그랜트 대통령은 옐로스톤 강 유역을 미국 최초의 국립공원으로 지정하였다. 이때 선포된 국립공원의 설립 정신은 '모든 국민의 복리와 즐거움을 위한 공공의 공원이며 위락지'라는 것이다. 즉 국민의 즐거움과 복리 증진을 위해 국립공원 제도를 만들어 자연을 보존한다는 것이었다. 하지만 이것은 인간의 즐거움을 위해 자연을 파괴해도 좋다는 인간 중심의 선언이 아니라, 자연의 온전한 보존만이 인간의 즐거움과 복리를 증진할 수 있다는 자연보존의 선언이며 동시에 인간과 자연의 조화로운 삶을 추구하겠다는 선언이었다고 할 수 있다.

국립공원 제도는 전 세계로 퍼져나갔다. 그 영향으로 우리나라에도 국립공원 제도가 생겼다. 우리나라에서는 미국과 같은 구체적이고 선명한 선언은 없었지만, 대체로 보존 가치가 있는 동식물과 자연경관, 유서 깊은 사적지 등을 보호하기 위해 국립공원 제도를 시행하였다. 우리나라 최초의 국립공원은 지리산국립공원이다. 1967년 12월 29일, 정부는 지리산 일대를 국립공원으로 지정하였다.* 우리나라에는 21개 국립공원이 있다. 그중 제주특별자치도에서 관리하는 한라산국립공원을 제외한 모든 국립공원을 국립공원관리공단이 관리하고 있다.

국립공원관리공단이 1992년부터 2011년까지 시행한 국립공원 자연자원 조사에서는 전국의 국립공원에 서식하는 동식물이 총 1만 5944종으로 집계되었다. 우리나라에서 확인된 야생 동식물 3만 8011종의 42퍼센트에 해당한다. 식물은 환경부가 지정한 멸종위기종의 71.4퍼센트가 서식하고, 동물은 포유류 59종, 조류 330종, 양서류 17종, 파충류 24종, 어류 322종이 서식한다.

포유동물이 가장 많이 살고 있는 곳은 설악산국립공원이고, 양서류·파충류가 많이 서식하는 곳은 내장산국립공원과 월악산국립공원이며, 어류는 한려해상 국립공원, 다도해해상 국립공원, 태안해안 국립공원에서 많은 종이 관찰되었다. 지리산국립공원에서는 가장 많은 4538종의 곤충류가 서식하고 있고, 덕유산국립공원에는 버섯류가 가장 다양하게 서식하고 있다.

이러한 조사 결과를 볼 때 국립공원은 우리나라 생태계의 보고라고 아니할 수 없다.

---

* 우리나라에서 처음으로 국립공원 지정에 대한 논의가 이루어진 것은 일제 강점기인 1935년의 일이었다. 일본인 학자 다무라 쓰요시(田村剛)가 금강산을 답사한 뒤 국립공원으로 지정하자고 건의했다. 그러나 2년 후에 중일전쟁이 일어나고 1941년에는 태평양전쟁으로 확대되면서 국립공원의 지정은 실현되지 못했다.

지정 순서	공 원 명 칭	지 정 일	유 형 별
제1호	지리산국립공원	1967년 12월 29일	산악형 국립공원
제2호	경주국립공원	1968년 12월 31일	사적형 국립공원
제3호	계룡산국립공원	1968년 12월 31일	산악형 국립공원
제4호	한려해상국립공원	1968년 12월 31일	해상형 국립공원
제5호	설악산국립공원	1970년 3월 24일	산악형 국립공원
제6호	속리산국립공원	1970년 3월 24일	산악형 국립공원
제7호	한라산국립공원	1970년 3월 24일	산악형 국립공원
제8호	내장산국립공원	1971년 11월 17일	산악형 국립공원
제9호	가야산국립공원	1972년 10월 13일	산악형 국립공원
제10호	덕유산국립공원	1975년 2월 1일	산악형 국립공원
제11호	오대산국립공원	1975년 2월 1일	산악형 국립공원
제12호	주왕산국립공원	1976년 3월 30일	산악형 국립공원
제13호	태안해안국립공원	1978년 10월 20일	해안형 국립공원
제14호	다도해해상국립공원	1981년 12월 23일	해상형 국립공원
제15호	북한산국립공원	1983년 4월 2일	산악형 국립공원
제16호	치악산국립공원	1984년 12월 31일	산악형 국립공원
제17호	월악산국립공원	1984년 12월 31일	산악형 국립공원
제18호	소백산국립공원	1987년 12월 14일	산악형 국립공원
제19호	변산반도국립공원	1988년 6월 11일	산악형·해안형 국립공원
제20호	월출산국립공원	1988년 6월 11일	산악형 국립공원
제21호	무등산국립공원	2013년 3월 4일	산악형 국립공원

* 국립공원관리공단(www.knps.or.kr)에서 더 많은 정보를 얻을 수 있다.

제2장
덕유산국립공원

⋮

어머니의 산

66

세찬 바람으로
골짜기의 나무들은 흔들리고 있었다.
숲 전체가 일렁이고 출렁이고 있었다.
그 모습이 태풍이 몰아치는
깊은 바다 같았다.

99

생명의 향기
깃든 산

　새벽 공기 차고 바람 많았다. 바람 세찼지만 비는 내리지 않았다. 비 온다는 소식이 있었지만 비 오지 않았다. 하늘은 맑았지만 산줄기에는 구름 가득했다. 구름에 가려 산 정상은 보이지 않았다.

　"남쪽에서부터 오르는 백두대간 덕유산 종주는 육십령에서부터 시작하지. 덕유산은 국립공원이야. 육십령이나 잠시 후에 올라갈 할미봉 등은 덕유산국립공원 영역에 속하지 않지만 덕유산 줄기에 속하지. 우리는 할미봉을 넘어 국립공원 지역으로 들어갈 거야. 특히 처음에는 바위가 많고 산세도 거칠기 때문에 힘들 거야. 오늘처럼 습기가 많은 날은 미끄럼도 조심해야 하고, 로프를 타야 하는 구간도 있으니 조심스럽게 산행을 해야 해. 컨디션 괜찮니?"

　"물론이야. 지리산 종주도 했는데 못 할 게 뭐 있어. 괜찮아."

나는 고개를 끄덕였다.

"덕유산(德裕山)은 덕이 많고 너그러운 어머니의 산[母山]이라고 하여 덕유산이라는 이름을 갖게 되었다고 해. 최고봉은 향적봉이야. 대간 길에서는 벗어나 있지만 웬만하면 내일 들를 예정이야. 컨디션 괜찮으면. 오늘 산행은 할미봉, 서봉(장수덕유산), 남덕유산, 월성치, 삿갓봉을 지나 삿갓골재 대피소까지 갈 거야. 거기서 잘 거야."

옛날에는 광려산(匡廬山) 또는 여산(廬山)으로 불렸던 이 산이 어머니의 산, 덕스러운 산이라는 이름을 얻게 된 것은 이 산의 모양이 덕스럽게 생겨서가 아니라 수많은 생명들을 품어 살린 산이었기 때문이다. 즉 덕을 베푼 산이라는 말이다. 나라에 난리가 일어날 때마다 나라의 보호를 받지 못해 쫓겨 다니던 백성들은 이 산으로 숨어들어 화를 피했고 생명을 지킬 수 있었던 것이다.

덕유산의 최고봉인 향적봉(香積峰, 1614m)에도 이러한 의미가 담겨 있다. 향적봉이라는 이름을 글자 그대로 직역하면 '향기가 쌓여 이루어진 봉우리'이다. 향적봉 부근에 향나무 군락이 있어 향기 가득하다는 뜻의 이름이다. 하지만 향적봉에 쌓인 향기는 향나무의 향기만이 아닐 것이다. 수많은 사람들의 생명을 살리고 보살핀 산의 넉넉함과 덕스러움이 담긴 봉우리가 바로 향적봉이다.

난리를 피해 산에 들어온 백성들은 여전히 찢어지게 가난했지만 산에 기대어 살아갈 수 있었다. 굶어죽지 않을 수 있었다. 그러니 이 산이 얼마나 고마웠겠는가. 그런 이유로 이 산은 덕유산이라는 이름을 얻게 되었고, 가장 높은 봉우리는 향적봉이라는 고귀한 이름을 얻게 된 것이다. 향나무의 향기뿐 아니라 사람을 살리는 생명의 향기가 가득한 산이었기 때문이다. 산에 대한 고마움과 평안한 삶에 대한 염원이 '덕유'와 '향적'이라는 이름으로 드러난 것이다.

물론 다른 이야기도 전해진다. 그것은 조선을 개국한 이성계 장군이 이 산에서 수도할 때 수많은 맹수들에게 한 번도 해를 입은 적이 없다고 하여 덕이 넘치는 산이라는 이름을 갖게 되었다는 것이다. 하지만 아무래도 이 이야기는 조선의 태조에 대해 후일 덧붙여진 이야기로 보인다. 설혹 그런 일이 정말 있었다고 하더라도 그것은 조선 왕실의 역사이고 지명 인식이었을 뿐 백성들의 역사나 지명 인식이 아니었음은 너무나 자명한 일이다.

"덕유산은 동서로 경상도와 전라도를 나누고 있는 큰 산이야. 우리가 있는 육십령에서 내일 밤에 도착할 빼재까지 이어지는 백두대간 마루금은 장장 100리에 이르지. 낙동강의 영남 땅과 금강의 호남 땅을 가르면서도 아우르는 큰 산줄기. 1000m가 넘는 봉우리들도 여럿이야. 이렇게 크고 넉넉한 산이다 보니 이름도 여러 개로 나뉘어 있어. 백두대간 마루금에서는 벗어나 있지만 가장 높은 봉우리인 향적봉(1614m) 일대는 북덕유산, 육십령에서 올라서는 남쪽 봉우리

는 남덕유산(1507m), 그리고 남덕유산의 서봉(1492m)은 장수덕유산
이라고 부르지. 자, 이쯤 하고, 출발할까? 준비됐니?"

"응. 준비됐어. 괜찮아. 가면 돼."

나는 삼촌을 안심시켰다. 삼촌은 나의 상태나 감정에 신경을 많이
쓰고 있었다. 난 사실 삼촌의 그런 태도도 조금은 부담스러웠다. 신
경 쓰지 말고 그냥 가고 오기만 하면 더 좋을 텐데.

"알았다. 가자."

활짝 웃는 삼촌의 어깨 위로 바람이 지났다.

할미봉을 향했다. 할미봉으로 오르는 길은 깎아지른 듯 가팔랐다.
심장이 터질 듯했다. 다리 근육은 찢어질 듯 아파왔다. 발 디딜 곳도
찾기 쉽지 않아 잠시도 긴장을 늦출 수 없었다. 바위와 바위, 작은
돌 틈 사이로 겨우 발을 끼워넣으며 조심조심 올랐다. 때로는 발 디
딜 곳을 찾지 못해 나무뿌리를 부여잡으며 힘겹게 올랐다.

할미봉(1026m) 정상 일대는 온통 바위였다. 말 그대로 바위로 이
루어진 봉우리였다. 절벽처럼 깎아내린 듯 매끄러운 바위들이 보기
에도 위태로웠다. 위태로워 보이는 바위 곁에 겨우 앉으니 온 산에
구름 가득했다. 구름 외에는 아무것도 보이지 않았다. 구름의 바다
가 떠다니고 있었다. 덕유산의 깊고 깊은 골에서 세찬 바람이 불어
왔다. 바람 불어올 때마다 구름은 빠르게 능선을 지나고 봉우리를
넘었다. 장관이었다. 신비로운 천상의 세계에 들어온 듯했다.

로프에 의지해 할미봉을 내려갔다. 서봉을 향했다. 서봉으로 가는 길은 온통 참나무숲이었다. 지난 가을 떨어진 나뭇잎들이 걸을 때마다 발을 부드럽게 감싸주었다. 할미봉을 오를 때와 달리 너무나 걷기가 편했다. 나는 아픈 다리를 벗 삼아 천천히 걸었다. 다리는 아팠지만 마음은 평화로웠다. 구름 가득한 숲은 고요하고 포근했다. 서봉에 올랐다. 바람 거셌다. 거센 바람을 타고 구름이 무섭도록 빠르게 산줄기를 타넘고 있었다. 가만히 서 있었다. 구름 한가운데였다. 간간이 바람과 구름 사이로 산이 보이고 길이 보였다. 몇 발자국 앞은 깊은 절벽이었다. 절벽 너머는 구름으로 가득했다. 아무것도 보이지 않았다. 발을 내디뎌도 꼭 구름이 받쳐줄 것만 같았다. 나는 뒷걸음질쳤다. 나는 나 자신도 모르는 사이에 조금씩 앞으로 나가고 있었던 것이다. 온몸에서 힘이 빠져나갔다. 숨을 골랐다.

이 숲속에, 산에 나 혼자 있는 것 같았다. 아니 이 세상에 나 홀로 서 있는 것 같았다. 가야 할 길도 보이지 않았다. 아무것도 보이지 않았다.

그때 삼촌의 목소리가 들려왔다.

"철수야, 좀 내려가서 점심 먹자."

길을 걸었다. 발걸음을 떼자 보이지 않던 길이 조금씩 보였다. 우리는 점심을 먹기 위해 나무 아래 앉았다.

"참취라는 거야. 밥 싸먹으면 맛있다. 먹어 봐."

참취에 밥을 싸먹으니 입안에 쌉싸래한 향이 배어났다. 맛났다.

남덕유산(1507m)을 향했다. 남덕유산은 대간 길에서 조금 벗어나 있었지만 지나칠 수는 없는 산이다. 푸른 나뭇잎들 사이로 짙은 분홍빛 꽃이 보였다. 너무나 앙증맞고 사랑스러운 꽃이었다.

"저 꽃이 무슨 꽃이야?"

"앵초다. 예쁘지? 재미있는 것은 꽃말인데, '행운'과 '슬픔'이라는 전혀 다른 의미의 꽃말을 지니고 있지. 어떻게 하나의 꽃에 이렇게 다른 의미의 꽃말을 지니고 있을까, 이해하기 어렵지? 내 생각에는 행복과 슬픔은 멀리 떨어져 있는 것이 아니라 항상 함께 있는 것이라는 가르쳐주기 위해 그런 두 가지 뜻의 꽃말을 가지게 된 게 아닐까 싶다. 삼촌 생각에 말이야."

정말 그럴지도 모른다는 생각이 들었다. 행복과 슬픔은 동전의 양면처럼 늘 함께 다니는 것일지도 모른다. 어떤 일도 좋은 면이든 나쁜 면이든 한 면만 있는 것은 아니다.

몇 해 전에 돌아가신 아빠가 생각났다. 돌아가셨던 당시에는 너무 슬픔이 커서 아무 생각도 할 수 없었지만, 지나고 보니 아빠는 자신의 죽음을 선택했던 것 같다. 그때 돌아가신 편이 좋았을지도 모른다는 생각이 들었다. 그렇게 계속되는 심한 고통 속에서 죽지도 못

ⓒ 최창남

하고 살아간다는 것은 얼마나 괴로울까. 그 엄청난 병원비를 감당하느라 엄마는 또 얼마나 힘들었을까. 아빠는 고통이 점점 심해지자 진통제를 맞는 것 외의 모든 치료를 거부했다. 그리고 몇 달 뒤 돌아가셨다. 남겨져 살아가야 하는 엄마와 나를 위해 그러셨으리라는 것을 나중에야 생각할 수 있었다. 아빠가 보고 싶었다.

'아빠……'

속으로 불러보았다. 아빠가 돌아가시던 순간 내게 남긴 말이 마음 안에 그대로 남아 있다. 아빠는 말을 할 수 없었다. 아빠는 나를 쳐다보았다. 나는 생명의 기운이 빠져나가고 있는 아빠의 눈을 바라보았다. 아무 소리도 들리지 않았지만 무슨 말을 하시는지 다 알 수 있었다.

'너를 믿는다. 엄마를 부탁한다.'

그렇게 말씀하셨다. 하지만 아빠가 돌아가신 후 나는 한동안 마음을 잡지 못했고, 엄마하고도 사이가 안 좋았다. 초등학교 5학년 때였으니 아빠가 스스로 죽음을 선택했다는 것을 생각도 못 했고 이해도 못 했다. 받아들이기 어려웠다. 엄마가 아빠가 돌아가시는 걸 방치했다고 생각했다. 몇 달이 지나고 몇 년이 지났지만 마음 한구석에 응어리 같은 것이 남아 엄마하고는 자연스러워지지 않았다. 보기에는 전혀 문제가 없었지만 형식적인 말 외에는 대화를 나누지 않았다. 내 마음의 말을 하지 않았다. 엄마와 나는 늘 함께 있고 아무 문제 없는 모자였지만, 늘 멀리 떨어져 있었다.

　그런저런 생각에 마음을 빼앗긴 채 산길을 걷다 보니 월성치, 삿갓봉(1419m)을 지나 내려서고 있었다. 비 내리려는지 하늘이 흐렸다. 재게 걸었다. 비 내리기 전에, 어둠 내리기 전에 삿갓골재 대피소에 들어가야 했다.

　비가 내리기 시작했을 때 우리는 삿갓골재 대피소로 내려섰다. 삿갓골재 대피소는 2층으로 된 현대식 건물이었다. 1층에는 보일러실과 취사장이 있고 2층은 숙소였다. 앞마당에는 식사를 할 수 있도록 탁자가 여러 개 놓여 있었다. 숙소는 복층으로 되어 있었다. 삼촌과 나는 2층 자리를 배정받았다. 내 자리의 머리맡에 작은 창이 나 있었다. 창에 빗방울 떨어져 흐르고 있었다. 배낭과 지급받은 모포를 내려놓고 저녁식사 준비를 하러 취사장으로 갔다. 적지 않은 사람들이 식사 준비를 하고 있었다. 어수선하고 시끄러웠다. 우리까지 한 자리 끼어들자 식당은 더 어수선하고 더 시끄러워진 듯했다.

　저녁식사를 마치고 나니 이미 밤이 깊어 있었다.

향적봉과
빼재

밤 내내 바람 세차고 비 내렸다. 창문에 빗줄기 부딪치는 소리가 들려왔다. 콩 볶는 소리 같기도 하고 북 치는 소리 멀리 들려오는 것 같기도 했다. 몸이 쑤시고 다리는 뻐근했다. 몸에 남아 있던 가벼운 감기 기운이 심해지는 듯했다. 코도 막혀 오고 기침도 간간이 나왔다. 바닥은 딱딱하여 몸이 배겼다. 심하지는 않지만 근육통이 있다 보니 한 자세로 오래 누워 있는 것이 불편했다. 어른들의 코 고는 소리도 요란했다. 이래저래 잠들지 못하였다. 엄마 생각이 났다. 몇 해 전 아빠를 먼저 보낸 뒤로 엄마는 많이 달라졌다. 회사도 다니고 옷도 예쁘게 입었다. 아빠가 계실 때보다 활발해졌고 웃음도 많아졌다. 그런 엄마를 보며 마음이 편치 않았다. 직장을 다니는 엄마로서는 당연히 그래야만 한다는 걸 알면서도 마음이 받아주지 않았다. 그럴 때마다 심술을 부렸다. 어떤 때는 마치 엄마 때문에 아빠가 빨리 돌아가셨을지도 모른다는 어이없는 생각을 하고 있는 자신을 발견하고 스스로 놀라기도 하였다.

잠이 오지 않았다. 뒤척이다 일어나 앉았다. 화장실에 가기 위해 대피소를 나왔다. 비는 더 많이 내리고 있었다. 세찬 바람에 빗줄기가 춤을 추고 있는 듯했다. 가로등 불빛도 흔들리고 있었다. 희뿌연 불빛 흔들릴 때마다 불빛은 골짜기를 비추었다. 세찬 바람으로 골짜기의 나무들이 흔들리고 있었다. 숲 전체가 일렁이고 출렁이고 있었다. 그 모습이 태풍이 몰아치는 깊은 바다 같았다.

아침이 되자 비 그쳐 있었다. 비 내린 탓에 공기는 깨끗하고 싱그러웠다. 잠도 많이 못 자고 몸은 무거웠지만, 마음은 가볍고 상쾌했다. 새소리 들려왔다. 맑고 밝은 소리였다. 새소리 들으며 남덕유산과 북덕유산을 이어주는, 용이 춤을 추는 형상을 닮았다는 무룡산(1492m)을 향했다.

숲은 운무로 가득했다. 숲의 나무들은 운무에 가려 있었다. 냇물에 떠내려가는 종이배 같기도 하고 나뭇잎 같기도 했다.

"춥지 않니? 몸 괜찮아?"

"괜찮아. 밤에는 조금 아팠는데, 자고 났더니 가벼워진 것 같아. 공기가 좋아서 그런가?"

"아무래도 공기 덕도 있겠지. 맑은 공기가 몸에 제일 좋은 보약이라고 하잖아. 그리고 숲에 있는 좋은 기운들도 도움이 되었을 거야. 숲에는 피톤치드도 많고 생명의 기운들이 가득하잖아."

재원 삼촌은 나를 힐끗 쳐다보며 말을 이었다.

"동물들이 왜 숲에 사는지 아니? 동물들은 왜 숲을 떠나지 않을까?"

"뭐, 풀이나 나무들이 많으니 몸을 숨기기도 좋고 쉴 곳도 많고 먹을 것도 많아서겠지······."

"그것도 아주 틀린 말은 아니지만, 꼭 정답이라고는 할 수 없어. 내가 말하고 싶은 정답은 이거야. 숲이 따뜻하다는 것. 밤과 낮의 온도 차이가 별로 나지 않는다는 사실이지. 약 5도밖에 차이가 안 난다더구나. 그러니 안정적인 삶을 유지할 수 있지. 사람들과 달리 동물들은 병원이 없기 때문에 한 번 아프면 큰일 나거든. 그러니 아프지 않아야 해. 병을 얻지 않는 가장 좋은 조건은 기후의 변화가 많지 않은 것이지. 숲은 추위나 더위에서 자신을 지키기 좋은 환경인 거야. 바람 심하게 부는 날도 숲에 들어가면 바람이 없잖아. 숲은 동물들에게 안락한 집인 셈이지. 그러니 숲을 잘 지켜야 해. 숲이 파괴되면 동물들이 살 곳이 없어지지. 생각해 봐라. 세상에 동물들은 없고 사람들만 산다면 얼마나 삭막하겠니? 숲을 지킨다는 것은 숲에 사는 모든 것을 지키는 것이야. 동물들도 지키고, 나무들도 지키는 거야. 무엇보다 풀을 잘 지켜야 해. 모든 것이 다 소중하지만 그중에서도 풀이 가장 중요하다고 할 수 있지. 풀이 없다면 비가 조금만 심하게 와도 산의 흙들이 다 쓸려 내려가 어쩌면 산이 없어지게 될지도 몰라. 나무들과 동물들이 살아가는 터전이 없어질 수 있는 거야. 풀이

흙도, 산도, 나무도, 숲도 지키는 거야. 물론 그 숲에 사는 동물들도 지키는 것이고 더 나아가 사람들도 지켜주는 거라고 할 수 있어. 풀을 꽃처럼 좋아하는 사람들도 별로 없고, 풀이 중요하다고 생각하는 사람들도 많지 않지만, 풀이 가장 중요한 것이라 할 수 있지. 사람들이 별로 신경 쓰지 않는 것들 중에 중요한 것이 정말 많아. 공기나 물처럼 말이야. 요즘은 공해나 온난화 등으로 인해 예전보다는 공기나 물에 대해 훨씬 많이 신경을 쓰기는 하지만 말이야. 풀도 그런 것들 중 하나라고 할 수 있지. 가만, 삼촌이 즉흥시를 한번 읊어볼게. 사실 뭐…… 시라고 할 것도 못 되지만. 시의 형식을 빌린 나의 고백 정도라고 할 수 있겠다. 조금만 기다려 봐."

삼촌은 목청을 가다듬더니 정말 시를 낭송하듯이 읊었다.

내 삶은
풀 한 포기보다 가치 있을까

풀은
여하한 상황에서도
단 한마디 불평 없이 제 삶 살아가며
대지 지키고
수많은 생명 품어 살리는데

나는
저 풀 한 포기보다 가치 있게 살아가고 있을까

살아오는 날들 동안
생명을 보듬고 살리는
가치 있는 삶을 살기를 소망하였건만

지나온 내 인생길은
저 풀들만큼이나 가치 있었을까
풀들 사이로 난
저 산길만큼이나 의미 있었을까

풀 한 포기
생명의 가르침이
무겁게 다가오는 아침이다

지난밤 내린 비로
하늘 참 맑다.

"어떠냐?"

"시 읊을 때까지는 좋았는데, '어떠냐?'고 묻는 바람에 망쳤어. 나름 잘 들으며 분위기 잡고 있는데, 그게 뭐야? 낭송이 끝나자마자 '어떠냐'고 묻기는……. 촌스럽게. 삼촌은 다 좋은데, 가끔은 꼭 애들 같단 말이야. 시인지 고백인지는 좋았다고 해두지."

나는 낄낄거리며 웃었다.

"그러냐? 시는 좋아? 시만 좋으면 됐다."

우리는 서로를 쳐다보며 낄낄거렸다.

숲을 벗어나자 나무들은 사라지고 너른 초지가 펼쳐졌다. 초지 위로 구름이 미친 듯이 흐르고 있었다. 구름이 흐르는 것이 아니라 산 전체가 흐르고 있는 것 같았다.

"와아~ 멋지네! 영화의 한 장면 같아~!"

절로 탄성을 짓는 나를 보며 삼촌이 빙그레 웃었다. 풀과 풀 사이, 구름과 바람 사이로 나무계단이 끝없이 놓여 있었다. 걷는 게 아니라 흘러가는 것 같았다. 무룡산이었다. 우리는 무룡산에서 쉬며 초콜릿과 귤을 나누어 먹었다.

"이 무룡산에도 한국 현대사의 비극이 서려 있다. 우리나라는 역사는 오래되었고 땅덩이는 작은 나라여서 역사의 흔적이 남아 있지 않은 곳이 별로 없다고 할 수 있지. 철수 너, 빨치산이라고 들어봤지?"

나는 고개를 끄덕이며 대답했다.

© 최창남

"당근 알지. 빨치산 모르는 사람이 누가 있을까?"

"빨치산들의 역사가 이곳에도 서려 있지. 너는 잘 모르겠지만 영
화로도 나왔는데…… 〈남부군〉이라고. 빨치산 남부군이 조직된 곳
이 바로 이곳이야. 산 아래에 있는 원통사라는 절에서 남부군이 결
성되었지. 그렇게 조직된 남부군이 지리산에서 활동한 것이란다.
지리산에서 우리 잔 곳 있잖아? 세석 대피소 기억나지? 그 대피소
있는 자리가 세석고원이야. 후일 빨치산들은 그 세석고원에서 몰
살당하지. 민족사의 비극이지. 그때 죽은 사람들이 얼마나 많았겠
니……. 국군도 죽고 주민들도 죽고 빨치산들도 죽었다. 모두 아까
운 젊은 목숨들인데 말이다. 우리나라의 산에는 이런 아픈 역사들이
많이 남아 있단다."

무룡산을 내려와 동엽령을 지나고 백암봉(1503m)에 이르렀을 때
구름 몰려왔다. 우리는 구름의 한가운데를 지났다. 가는 빗줄기들이
얼굴에 부딪쳤다. 정신이 맑아졌다.

잠시 대간 길을 놓아두고 향적봉을 향했다. 중봉에 다가서니 확
트인 넓은 초지와 유려하게 이어진 능선들이 그림처럼 펼쳐졌다. 덕
유평전이었다. 사방으로 열려 있는 산줄기들은 하늘에 닿아 있는 듯
했다. 아름다운 정경에 취해 몇 걸음 걷다 보니 향나무의 향기 어리
고 생명의 향기 쌓여 있다는 향적봉이었다.

향적봉에 올랐다. 첩첩한 산줄기마다 구름 머물러 시야가 좋지는 않았지만 삼촌은 마치 보이는 듯 손가락으로 가리키며 말했다.

"북쪽으로는 적상산, 황악산, 계룡산이 이어져 있고, 서쪽으로는 운장산, 대둔산이 있지. 남쪽으로는 우리 지나온 남덕유산이고. 날씨 좋으면 지리산 주능선도 보이는데 말이야. 그리고 동쪽으로는 가야산, 금오산이 있어. 잘 보이지는 않지만."

우리는 대간 길인 백암봉으로 돌아와 빼재로 향했다. 숲은 깊었다. 연리지와 연리목들이 자주 눈에 띄었다. 다른 몸으로 태어났지만 서로 사랑하게 되어 함께 살아가고 있는 나무들이었다. 그런 이유로 사랑을 상징하는 나무가 되었다.

"철수야, 연리지나 연리목이라는 말을 들어봤지? 둘이 한 몸이 되었다는 나무잖아? 사랑을 상징하는 나무라 할 수 있지. 그런데 난 연지리니 연리목을 말하는 것까지는 좋은데, 둘이 사랑해서 하나가 된다는 말은 영 마음에 안 든다. 생각해 봐라. 서로 다른 두 사람이 사랑한다고 어떻게 하나가 되냐? 아무리 사랑해도 두 사람은 서로 다른 두 사람인 거야. 서로 다른 두 사람이 서로를 이해하고 존중하며 살아가는 것이 진짜 사랑이지. 안 그러냐? 그러니 너도 나중에 대학 가서 연애하게 되거든 '우리는 사랑하니 하나다'는 식의 개 풀 뜯어먹는 소리는 아예 하지 마라."

"삼촌, 개가 풀 뜯어먹는 것은 배탈이 나서 그런 거래. 아픈 개는 왜 아무 데나 갖다 붙이는 거야. 잘 알지도 못하면서……."

나는 키득거리며 웃었다.

삼촌도 나를 따라 웃었다.

길은 걸은 만큼 줄어들고 산은 가까워졌다. 이런저런 생각에 빠져 걷다 보니 횡경재, 지봉, 대봉과 갈미봉을 넘어 빼재(920m)로 내려서고 있었다. 어둠 깊어지고 있었다.

삼국시대부터 이 나라 저 나라의 접경 지역이었기 때문에 전쟁도 자주 일어났고, 임진왜란 당시에는 이곳의 토착민들이 왜군들과 싸울 때 식량이 없어 산짐승들을 잡아먹으며 싸웠다고 한다. 그런 연유로 사람이나 짐승의 뼈가 많이 묻혀 있어서 '뼈재'라는 이름을 얻었다고 한다. '뼈재'의 경상도 방언이 '빼재'이다.

삼촌은 덕유산 정상 향적봉에는 사람을 살리는 생명의 향기 가득하더니 산을 내려오니 바로 죽음의 그림자 가득한 빼재라며 진지한 표정으로 한마디 했다. 나는 다리도 아프고 배도 너무 고파 죽을 것만 같았다. 삼촌이 무슨 소리를 해도 도무지 귀에 들어오지 않았다. 나는 삼촌을 째려보며 한마디 했다.

"헛소리 그만하고 얼른 밥이나 먹으러 가자. 곧 사망할 것 같아."

삼촌이 내 머리에 꿀밤을 먹였다.

우리는 낄낄거리며 택시를 기다렸다.

그쳤던 비가 다시 내리고 있었다.
어둠 깊은 빼재에 자동차 불빛이 다가오고 있었다.

▶ 덕유산국립공원의 깃대종 ◀

구상나무 *Abies koreana*

영명 Korean Fir

한국특산식물

| 사는 곳 | 한라산, 지리산, 덕유산 등

| 생김새 특징 | 늘 푸른 침엽의 큰키나무. 가문비나무와 구분하기 어려우며 구상나무는 잎끝이 약간 오목하게 들어간다. 열매의 색깔에 따라 검은구상나무, 붉은구상나무, 푸른구상나무로 구분하며, 잎 뒤는 흰빛을 띤다.

| 생태적 특징 | 추운 지방에 사는 나무로 온난화가 지속되면 점차 사라질 것이라고 예측하기도 한다. 서유럽에서 크리스마스트리로 인기가 많은 나무이다.

금강모치 *Moroco kumgangensis*

영명 Kumgang Fat Minnow

| 사는 곳 | 한강의 최상류, 금강의 무주 구천동계곡 등. 물이 차고 물속 산소가 풍부한 산간계류

| 생김새 특징 | 몸길이 7~8cm로 등지느러미가 시작되는 지점에는 검정색의 반점이 있다. 산란철에는 수컷의 몸 양쪽에 두 줄의 주황색 줄이 나타난다.

| 생태적 특징 | 깊은 산 맑고 차가우며 산소가 풍부한 물에서 산다. 한강, 임진강, 대동강 등 서해로 흐르는 강에서만 서식한다.

| 먹이 | 물속의 작은 곤충이나 작은 갑각류, 동물성 플랑크톤

| 특이사항 | 금강산에서 처음으로 발견되어 '금강모치'라는 이름이 붙었다.

덕유산국립공원의 프로그램

| 1박2일 통나무집 숲속여행 |

국내 최대의 덕유대 야영장을 배경으로 자연과 함께 통나무집에서 아름다운 자연생태를 느끼고 숨 쉴 수 있는 숲속 체험 프로그램이다.

| 두 바퀴로 둘러보는 구천동계곡 |

저탄소 녹색성장의 대표적인 상징인 자전거로 구천동계곡을 탐방하여 신체적·정신적 건강을 도모하고 자연과 하나가 되어간다. 자전거 도로의 결빙 때문에 매해 4~10월에만 운영한다.

| 찾아가는 국립공원 교실 |

멸종위기종 복원사업의 의미와 중요성을 일깨우기 위해 초·중·고등학교로 직접 찾아가 국립공원의 아름다움을 전한다. 야생동물 발자국 찰흙뜨기 및 스탬프찍기 등의 체험을 할 수 있다.

무너진 백두대간, 금산

백두대간 마루금은 덕유산을 지나 속리산을 향하는 길에 금산(884m)을 지
난다. 금산은 경북 김천시와 충북 영동군의 경계를 이루는 추풍령 자락에
있는 산으로, 백두대간의 대표적 훼손지이다. 산의 북사면 절반 이상이 사
라지고 없다. 살아남은 산의 능선에 서면 그대로 절벽이다. 우리 민족이 몸
기대어 오천 년 동안 살아온 이 땅의 시작이라는 백두대간은 끊어져 있다.
한 번도 끊어지지 않고 하나의 산줄기로 이어져 있다는 백두대간이 끊어져
있는 것이다.

이 작은 돌산이 이토록 심하게 훼손된 것은 어제오늘의 일이 아니다. 일제
강점기 때부터 석재를 얻기 위해 파먹어 들어갔다. 해방 후 다행히 중단되

ⓒ 최창남

었으나 1968년에 다시
훼손되기 시작했다. 국
내 굴지의 철도용 궤도
자갈 생산업체가 채석
장을 낸 것이다. 업체는
폭약으로 산의 절반을
날린 후 철도용 자갈로
사용하였다. 처음에는

경부선 철도에 들어갔고 나중에는 고속철도의 자갈로 쓰였다고 한다.

한반도를 품어 있게 한 백두대간이 헐려 철도 침목 사이에 깔리는 자갈로 쓰인 것이다. 안타깝고 참담한 일이라 아니할 수 없다. 물론 당시에는 백두대간이라는 인식 자체가 없었으니 백두대간을 훼손한다는 의식도 없었겠지만 말이다.

이러한 산줄기의 훼손은 백두대간에 대한 인식 이전의 문제이다. 그 시대와 사람들의 가치관의 문제이다. 자연을 조금 더 많은 재화를 얻기 위해 이용하는 대상으로만 인식하는 한 그 산줄기가 백두대간이든 아니든 훼손되는 일이 계속 벌어질 것이다. 그러므로 금산의 회복은 단지 산줄기만의 회복이 아니라 자연을 존중하며 자연과 함께 조화를 이루고 살아간다는 가치관의 회복이어야 한다.

제3장
속리산국립공원

⋮

속된 세상을 떠나

66

앞서간 이들은 모두 지났는지 아무도 없었다.
하늘과 구름과 바람만 머물고 있었다.
하늘과 땅 사이에 우리 둘뿐이었다.

99

마음을
만나다

　눈을 떴다. 아직 창밖은 어두웠다. 신새벽 오기 전 어둠이었다. 삼촌은 벌써 일어났는지 자리에 없었다. 우리는 어제 저녁에 속리산 자락으로 들어왔다. 저녁을 맛나게 먹고 일찍 잠자리에 들었다. 시계는 4시 30분을 지나고 있었다. 이른 시간이었지만, 일찍 잠든 탓에 몸은 가벼웠다. 창밖에 빗소리 들려오는 것 같았다.

　'비 온다는 말이 없었는데, 비 오나?'

　귀 기울였다. 계곡물 흐르는 소리였다. 불을 켜고 일어나 앉았다. 머리맡에 어젯밤 꺼내놓은 산행수첩이 있었다. 산행을 시작한 첫날 한 줄 쓰고는 내버려둔 채였다. 마당으로 나갔다. 어둠은 아직 깊고 새벽하늘엔 별이 빛나고 있었다.

　"별빛이 너무 아름답지?"

삼촌이 어느새 곁에 다가와 있었다.

"어둠 깊으면 별은 더욱 빛나는 법이다. 어두워야 볼 수 있지."

별은 새벽하늘에 빛나고 계곡에는 맑은 물줄기 콸콸 소리 내며 흘렀다.

아침식사는 올갱이해장국이었다. 참 맛났다. 산행 준비를 하는 동안 삼촌이 산행 일정에 대해 말했다.

"오늘은 갈령 삼거리에서 산행을 시작하여 형제봉, 피앗재, 천왕봉, 비로봉, 입석대, 신선대, 문수봉을 지나 문장대에서 산행을 마칠거야. 문장대에서 밤티재, 늘재까지 가야 하지만, 그 구간은 비개방구간이어서 갈 수 없어. 오르막이 있기는 하지만 그리 어렵지는 않을 거야. 시간은 충분하고 천천히 걸을 것이니 말이야."

하늘 낮고 어두웠다. 새벽이 아니라 어둠 내리는 저녁 하늘 같았다. 아침이 오고 있었지만 밤이 깊어지는 것 같았다. 산을 바라보았다. 어둠 속에 웅크리고 앉아 우리를 기다리고 있는 것 같았다. 바람 한 점 없었다. 숲으로 들어갔다. 바람 소리조차 들려오지 않는 산은 고요했다. 깊은 밤과 같았다. 삼촌도 여느 때와 달리 말없이 걷기만 했다. 바람 소리, 새소리도 들려오지 않았다. 적막했다. 풀숲 우거지고 나무 울창했다. 숲 사이로 이어져 있는 길은 보이지 않았다. 발걸음을 내딛는 만큼만 길이 열렸다. 발걸음을 따라 걷는 것 같았다. 보이지 않는 길을 걷는 것 같았다. 마치 영화에서나 보았던 수행자가 된 것 같은 느낌이 들었다. 먼 길을 홀로 걸어가는 것 같은 느낌이었다. 처음으로 느껴보는 감정이었다. 적막에 쌓인 숲길에서 들리는 것이라고는 나의 발소리와 숨소리뿐이었다. 풀잎 스치는 바람 소리조차 들리지 않는 숲길에서 내 발소리는 북소리처럼 크게 들려왔고 숨소리는 바람 소리 같았다. 숲 우거진 탓에 앞서 걷고 있는 삼촌은 보이지도 않았다. 나는 천천히 걸었다. 풀을 만져 보기도 하고 나무를 어루만져 보기도 했다. 자유로웠다. 도시에서는 느껴볼 수 없는 자유로움이었다. 처음으로 느끼는 자유로움이었다. 그 누구의 눈치도 볼 필요가 없는 자유로움이었다. 받아들이기 어려운 모든 지시와 규정에서 완전하게 벗어난 자유로움이었다. 마음이 편해졌다. 다소 들뜨고 설레었다. 아빠가 돌아가신 이후, 초등학교를 졸업한 이후로는 별로 느껴보지 못한, 다소 낯설어진 감정들이었다. 하지만 숲에서는 낯설지 않았다. 늘 그러했던 것처럼 익숙했고 편안했다. 행복한 느낌이었다. 난 숲에 앉아 숲의 고요함을 느끼고 있었다. 그 고요함을 따라 일렁이고 있는 마음의 변화를 느끼고 있었다. 나는 산행 첫날 한 줄 긁적인 후로는 거들떠보지도 않았던 산행수첩을 꺼냈다. 내 마음의 변화를 기록했다.

길은
발걸음을 내디딜 때마다 열렸고
열린 길만큼
마음에도 길이 났습니다

산길이 열리면 열릴수록
마음에도 길이 열렸습니다

그 길에
아버지도 있고 어머니도 있었습니다
나도 있었습니다
친구들도 있었습니다

숲 사이로 난 길은 마음에 닿아 있고
마음 사이로 난 길은 숲 사이로 뻗어 있었습니다

산길 걸을 때마다
저 너머네 있는 것들을 그리워하였더니
마음이 나와 반가이 맞이하였습니다

숲 소리 정겹고

산 그림자 살가웠습니다.

숲 저편에서 삼촌이 나타났다. 오지 않는 나를 기다리다 가던 길을 되짚어 왔다. 숲가에 앉은 나를 보고 곁에 앉으며 말을 건넸다.

"힘드니? 쉬고 있구나. 뭐하고 있어?"

나는 말없이 산행수첩을 내밀었다. 삼촌은 글을 읽은 다음 수첩을 돌려주며 말했다.

"철수 너, 글을 참 잘 쓰는구나. 그런데 왜 한 번도 글을 안 썼니? 하긴 네가 원래 글을 잘 썼지. 초등학교 때는 글쓰기 대회에서 상도 받았지? 아빠 돌아가시고 나서 쓰지 않은 것, 내가 안다. 철수야, 아빠도 네가 계속 글을 쓰기를 바라실 게다. 이런 재능을 잘 살려야지. 이제는 너도 고등학생이 되었는데, 아빠를 이해해야 한다. 네가 아빠를 엄청 사랑한 것은 알지만, 그렇다고 아빠 생각에만 빠져 있으면 안 돼. 아빠는 가족들을 위해 먼저 가시기로 한 거야. 이해해야 돼. 섭섭해하지도 말고. 네가 엄마에게 섭섭해하고 있다는 것 알고 있다만, 그건 전적으로 네 오해다. 엄마는 정말 아빠를 사랑했고 최선을 다해 간호했어. 알고 있지?"

물론 잘 알고 있었다. 엄마가 아빠를 나보다 더 깊이 사랑했을 것이고 최선을 다해 간호했으며 아빠가 돌아가셨을 때 가장 깊이 아파하

고 슬퍼하셨다는 것을. 하지만 내 슬픔에 젖어 나는 지난 몇 년 동안 괜히 엄마를 원망하며 반항했다. 어리광을 피우고 떼를 썼다.

삼촌의 말을 듣고 있었지만 대답하지 않았다.

대답할 말도 없었고 필요도 없었다.

나는 가만히 앉아 숲의 소리를 듣고 있었다.

삼촌의 말소리도 숲의 울림 같았다.

세속을 떠난 산

"속리산(俗離山, 1058m)은 큰 산이지. 1970년에 국립공원으로 지정되었어. 백두산에서 발원한 한반도 산줄기의 뿌리가 되는 큰 산이 12개가 있는데, 속리산은 그중 하나다. 속리산이라는 이름은 '세속을 떠난 산'이라는 뜻인데, '속세와 멀리 떨어진 깊은 산'이라는 의미라고 할 수 있지. 속리산의 원래 이름은 아홉 개의 봉우리가 연이어 있다고 해서 구봉산이라고도 했고, 금강산처럼 아름답다고 하여 소금강산이라고 부르기도 했다고 하더구나. 이 구봉산의 이름이 속리산으로 바뀐 것은 766년, 삼국시대의 신라 혜공왕 때 일이야. 그 이

름에 얽힌 그럴듯한 이야기가 있어. 진표율사라는 스님이 있었거든. 그 사람이 어느 날 구봉산에 미륵불상을 세우라는 계시를 받았지. 그래서 구봉산에 들어가기 위해 보은에 이르렀는데, 들판에서 밭갈 이하던 소들이 무릎을 꿇고 진표율사를 맞았다는 거야. 농부들이 진 표율사에게 물었지.

'저 소들이 어쩐 까닭이오?'

'저 소들은 내가 불법을 받았다는 것을 알고 있기 때문이오.'

이 말을 들은 농부들은 크게 감동받아 스스로 낫으로 머리카락을 자르고 '세속을 떠나'[俗離] 출가하여 진표율사의 제자가 되었다는 거야. 이후로도 많은 사람들이 세속을 떠나 이곳으로 들어왔지. 그 래서 사람들이 세속을 떠나 들어온 산이라는 뜻에서 속리산이라고 불렀다고 한다."

바람 불어왔다. 숲 사이로 바람 지나는 소리들이 들려왔다. 풀잎 스치고 흔들리며 사르르 소리를 내었다. 나뭇잎들 나부끼고 부딪치 며 촤르르 소리를 내었다. 흘러내리던 땀 마르고 뜨거웠던 몸은 식 어 있었다. 삼촌의 목소리가 들려왔다.

"세속을 떠난 깊고 깊은 산이라고는 하지만, 사실 속리산에는 세 속의 흔적들이 너무나 많이 남아 있단다. 이성계가 혁명을 꿈꾸며

백일기도를 올린 곳도 이곳이고, 이방원이 왕권을 얻기 위해 형제들을 도륙하고 참회를 한 곳도 이곳이지. 또 세조가 시를 지었다는 문장대, 세조가 지날 때 가지를 들어 올렸다는 정이품송, 세조가 목욕을 했다는 은폭(隱暴)과, 학이 세조의 머리에 똥을 떨어뜨렸다는 학소대, 그리고 세종이 7일 동안 머물며 법회를 연 후 크게 기쁜 나머지 그 이름에 자신의 기쁜 마음을 담았다는 상환암(上歡庵)에 이르기까지 세속의 흔적이 곳곳에 남아 있지."

"세속을 떠난 산이라고 하면서 왜 그렇게 세속의 흔적이 많이 남아 있을까요?"

"세속을 떠난 산이라고 하지만 세속은 산을 그리워했나 보지. 사람의 욕심이라는 것은 한이 없거든. 세상에서 돈과 권력을 많이 가지고 나면 산중의 일에도 간섭하고 참여하고 싶어지는 것이거든. 산중의 일이라는 것이 결국은 종교 같은 것을 통해 사람의 마음을 다스리는 것이니 한번 잡은 권력을 영원히 놓고 싶지 않았나 보지. 그러니 그리했겠지."

어두웠던 하늘은 언제 그랬느냐는 듯 높고 푸르렀다. 날은 맑았다. 형제봉을 지나고 피앗재를 지나 천왕봉을 향해 부지런히 걸었다. 웅성거리는 소리가 들려왔다. 산악회에서 왔는지 많은 사람들이 뒤에서 오고 있었다. 우리가 천천히 걷는 사이에 그들은 점점 가까이 다가왔다. 시끄러웠다. 어떤 사람은 얼마나 크게 이야기하는지 싸우는 것같이 들렸다. 노랫소리도 들려왔다. 누군가 라디오를 틀어 놓고 산행을 하고 있었다.

"철수야, 좀 쉬자. 저분들 먼저 보내고 가자. 시끄러워 안 되겠다. 라디오 소리 안 들으려고 산에 왔더니, 산에서 라디오 소리를 듣네. 라디오 들을 거면 집에서 듣지 왜 산에까지 와서…… 참! 쩝쩝쩝……."

삼촌은 여느 때와 달리 짜증이 난 것 같았다.
시끄러운 일행이 지나가자 삼촌이 배낭을 다시 메며 말했다.

"산에서 저렇게 떠들면 안 되지. 산의 주인은 산이야. 산에 사는 동식물들이 주인이야. 풀, 나무, 노루, 멧돼지, 토끼, 다람쥐, 새 등 모든 동식물이 주인이지. 우리들은 남의 집에 들어온 거야. 남의 집에 와서 저렇게 떠들면 안 되지. 정말 예의 없는 무식한 짓이야. 그뿐인가. 요즘 같은 초여름에는 번식기인 동물들이 많거든. 그런데 저렇게 시끄럽게 떠들면 사랑을 할 수 있겠어? 분위기를 잡을 수 있겠냐고. 새들끼리 '자기 사랑해~!' 하며 분위기 잡으려다 다 깨지지. 어디 그것뿐인가. 어떤 사람들은 '야호~!' 하면서 목청껏 외치잖아. 그 소리에 놀라 임신 중인 동물들이 유산할 수도 있어. 한마디로 산에서 떠들면 안 되는 거야. 동식물뿐 아니라 다른 사람들에게도 너무 방해되고 미안한 일이잖아. 시끄러운 것이 싫어 산에 왔는데 여전히 시끄러운 소리를 들어야 한다면 뭐하러 산에 오겠니. 안 그래? 성질 같아서는 붙들어놓고 한 대씩 패고 싶지만…… 내가 참는다."

"참지 말아요. 앞으로 그런 사람들 만나면 불러다 한 대씩 쥐어박아요. 조용히 하라고."

"그럴까?"

우리 서로를 쳐다보며 키득거렸다.

천왕봉에 오르다

길을 이었다. 속리산 최고봉인 천왕봉이 눈앞이었다. 천왕봉(天王峰, 1058m)에 올랐다. 앞서간 이들은 모두 지났는지 아무도 없었다. 하늘과 구름과 바람만 머물고 있었다. 하늘과 땅 사이에 우리 둘뿐이었다. 표지석 근처에 앉았다. 불어온 바람이 흐르는 땀과 뜨거운 몸을 식혀주었다. 산줄기 바라보았다. 산줄기는 너무나 깊고 첩첩하여 깊이를 알 수 없었다. 그저 아득했다. 사진을 찍다 내 곁에 앉은 삼촌이 말했다.

"속리산도 그렇지만, 천왕봉은 또 다른 의미에서 아주 중요한 봉우리야. 한반도에 백두대간이 솟구치며 풀어낸 산줄기가 여러 개 있거든. 그 산줄기들을 1대간, 1정간, 13정맥*이라고 부르지. 1대간은 백두대간이고, 1정간은 북한에 있는 장백정간이고, 13정맥 중 9개의 정맥이 남한에 있는데, 그중 3개의 정맥이 천왕봉에서 뻗어나가지. 한남금북정맥, 한남정맥, 금북정맥이이야. 한남금북정맥은 한강과 금강을 나누는 분수령이야. 천왕봉에서 시작해서 칠현산에서 끝나지. 이 칠현산에서 한남정맥과 금북정맥이 갈라져. 정말 대단한 거야. 한반도 전체에 13개의 정맥 줄기가 있는데 그중에서 세 개가 이 천왕봉에서 뻗어나가고 있으니 말이야. 중요한 산이지. 천왕봉이 중요한 이유는 또 있어. 이 봉우리는 세 줄기 정맥만 뻗은 것이 아니라 세 개의 큰 강도 품어 흐르게 하고 있지. 천왕봉의 동쪽으로 흘러내린 물은 낙동강을 살찌우고, 남쪽으로 흘러내린 물은 금강과 하나가 되며, 서쪽으로 흘러든 물은 남한강으로 흐르지. 그렇게 흐르며 수많은 생명들을 살아가게 한단다. 천왕봉은 이처럼 남한강과 낙동강과 금강이라는 큰 강에 물을 대며 흐르게 하고 있는 거야. 그러니 세 개의 큰 산줄기뿐 아니라 세 개의 큰 강에 기대어 사는 생명들이 얼마나 많겠니? 사람들은 또 얼마나 많겠니? 그러니 이 강줄기에 기

---

* 13정맥은 낙남정맥, 청북정맥, 청남정맥, 해서정맥, 임진북예성남정맥, 한북정맥, 낙동정맥, 한남금북정맥, 한남정맥, 금북정맥, 금만호남정맥, 금남정맥, 호남정맥이다.

대어 살아가는 모든 생명은 이 봉우리에 큰 신세를 지고 있는 거야. 사람들은 말할 것도 없고. 사람들은 자신들이 이 산줄기와 산들에게 이렇게 큰 신세를 지고 살고 있다는 것을 알기나 할까?"

말을 시작할 때와는 달리 끝날 때에는 삼촌 목소리에 힘이 빠져 있는 듯했다. 특히 '사람들은 자신들이 이 산줄기와 산들에게 이렇게 큰 신세를 지고 살고 있다는 것을 알기나 할까?'라고 말을 맺을 때에는 다소 슬퍼 보이기까지 했다.

비로봉을 향했다. 비로봉으로 가는 길에 숲은 깊었고 나무들은 우람했다. 수백 년은 족히 되어 보이는 아름드리 참나무들이 유난히 많았다. 햇빛이 잘 들지 않는 숲의 너른 바위들에는 이끼들이 빼곡히 덮여 있었다. 지혜의 숲에 들어온 듯 신비로운 느낌이 들었다. 바람 불어 나뭇잎 흔들릴 때마다 하늘이 보였다. 구름 한가롭게 흐르고 있었다. 맑았다.

상고석문을 지나 비로봉에서 내려서니 임경업 장군이 7년간 수도한 후 신통력을 얻어 세웠다는 전설이 깃들어 있는 입석대가 보였다.

"조금 전에 비로봉, 상고석문, 입석대 등을 보았지? 모두 속리산의 유명한 절경이지. 재미있는 것은 속리산의 절경들은 모두 8이라는 숫자와 관련이 있다는 거야. 큰 산이니까 아름다운 절경을 더 선

ⓒ 최창남

정할 수도 있었을 텐데 8개만 정한 거야. 8봉, 8대, 8석문*이 바로 속리산의 절경들이지. 그런데 왜 8개씩만 골라 이름을 지었을까? 그 것은 불교와 관련되어 있어. 불교의 실천 수행인 8정도(八正道)**에서 의미를 가져온 거야. 조금 어려운 이야기가 되겠지만, 이야기 꺼낸 김에 말하면 8정도 수행하여 열반에 들듯이 8석문 지나 8대에 올랐 다가 8봉의 너른 품에 안기면 그대로 부처님 품에 안긴 듯 깨달음을 얻으리라는 바람이 담겨 있는 것이지. 속리산이라는 이름이 지어진 배경에서부터 불교와 아주 인연이 깊은 산이고."

그 옛날에 신선들이 살았다는 신선대 지나고 문수봉 넘어서니 문 장대가 지척이었다. 문장대 곁에 구름 머물고 있었다. 우뚝 하늘을 향해 솟아 있는 문장대가 신비로웠다. 늘 구름 속에 있어 옛날에는 운장대(雲藏臺)라고 불렸는데, 조선조 세조 임금이 이곳에 올라 시를 지은 뒤로 이름이 문장대로 바뀌었다는 곳이다. 안내판을 보니 이곳 에 세 번 오르면 극락에 갈 수 있다는 이야기를 전설처럼 전하고 있

---

*8봉: 천왕봉, 비로봉, 길상봉, 문수봉, 보현봉, 관음봉, 묘봉, 수정봉
 8대: 문장대, 입석대, 신선대, 경업대, 배석대, 학소대, 봉황대, 산호대
 8석문: 내석문, 외석문, 상환석문, 상고석문, 상고외석문, 비로석문, 금강석문, 추래석문

**정도(正道): 정견(正見, 편견 없이 바르게 보기), 정사유(正思惟, 치우치지 않고 바르게 생 각하기), 정어(正語, 바르게 말하기), 정업(正業, 올바르게 행동하기), 정명(正命, 올바르게 생활하기), 정정진(正精進, 올바르게 수행하기), 정념(正念, 바른 마음으로 수행하기), 정정 (正定, 일심으로 몰두하기).

었다. 문장대 오르는 길에 철계단이 가파르게 놓여 있었다. 올라서니 사방으로 시야가 훤하게 트였다. 보는 곳마다 허공이었다. 하늘 한가운데 홀로 떠 있는 것만 같았다. 푸른 하늘 아래 구름만 지나고 있었다. 산은 첩첩하여 끝을 알 수 없었고 산을 이루는 바위들은 웅혼한 자태를 드러내고 있었다.

"철수야, 소원을 빌어 봐."

"안내판에 보니 세 번을 올라야 극락에 갈 수 있다고 적혀 있던데……."

"그렇기는 하지. 극락도 극락이지만 세 번 올라 소원을 빌면 소원이 이루어진다고 하더구나."

"세 번 올라야 한다며? 나는 초행길인데 뭐……."

"그래도 혹시 아냐? 소원이 이루어질지. 아무도 모르는 일이잖아."

정말 소원을 빌어보고 싶은 마음이 되었다. 하지만 아무리 생각해도 무엇을 빌어야 할지가 떠오르지 않았다. 왜 그런 생각이 들었는지 모르겠지만, 그 순간 엄마 생각이 났다. 엄마가 보고 싶었다.

'엄마~!'

마음속으로 불러보았다.

바람 불어왔다.

바람 따라 구름 흐르고 있었다.

망개나무 *Berchemia berchemiaefolia*

영명 Korean Berchemia

멸종위기야생동식물 Ⅱ급. 천연기념물 제207호, 제266호

| 사는 곳 | 충북 및 경북(속리산, 월악산, 주왕산 등)

| 생김새 특징 | 잎은 어긋나고 긴 타원형으로 잎 가장자리에 밋밋한 물결 모양이 있다.

| 생태적 특징 | 흙이 많지 않은 바위지대에서 자란다. 나무가 매끈하고 불에 잘 타기 때문에 과거에는 농사도구의 재료나 땔감으로 쓰였다.

| 특이사항 | 꽃이 아름답고 가을에 노란 단풍이 드는, 세계에서도 보기 드문 나무이다.

▶ 속리산국립공원의 깃대종 ◀

하늘다람쥐 *Pteromys volans*

영명 Siberian Flying Squirrel

멸종위기야생동식물 Ⅱ급. 천연기념물 제328호

| 사는 곳 | 전국 산림이 비교적 양호한 지역의 나무 위

| 생김새 특징 | 몸길이 15~16cm로 몸은 회갈색이다. 앞발과 뒷발 사이에는 피부가 이어져 커다란 날개처럼 된 비막이 있다. 땅에서는 엉금엉금 기어다니며, 나무 사이를 오갈 때 비막을 이용해 행글라이더처럼 기류를 타고 이동한다.

| 생태적 특징 | 새끼는 딱따구리가 파놓은 구멍이나 인공 새집 등을 이용하기도 하고, 집을 만들기도 한다. 야행성으로 낮에는 나무 구멍에 들어가 잠을 자며, 겨울잠을 자지 않는다.

| 먹이 | 잣, 도토리, 과실, 나무의 싹, 어린 나뭇가지 등

| 특이사항 | 전국적으로 산림이 비교적 양호한 지역에서 서식하나 점차 개체수가 줄어들고 있다.

덕유산국립공원의 프로그램

| 속리산국립공원 생태관광 '속리산과 친구 되기' |

정이품송, 법주사, 문장대로 대표되는 속리산국립공원의 풍부한 자연과 경관자원, 역사 자원을 체험한다.

| 살아 숨 쉬는 역사의 현장! 생동하는 자연향기 가득한 화양계곡! |

화양계곡의 기암괴석과 생생한 자연경관, 다양한 동식물들의 생태를 알아보고, 아울러 조선 후기 성리학을 집대성한 우암 송시열의 자취와 관련된 문화재들을 만난다.

| 미륵신앙의 요람 법주사 체험하기 |

천년의 향기가 가득한 고찰 법주사의 역사와 문화재를 체험하는 프로그램이다.

백두대간의 식물상

우리나라는 면적의 약 3분의 2가 산이다. 산을 제외하고 지리를 논할 수 없으며, 산을 제외하고 삶을 말할 수 없다. 산은 삶의 뿌리이며 문화이며 역사이며 신앙이었다. 그 산들의 중심에 백두대간이 있다. 백두대간은 이 땅을 북에서 남으로 흐르며 이 땅의 모든 산줄기를 풀어놓았을 뿐 아니라, 삼면이 바다인 우리나라에서 대륙과 연결된 유일한 생태통로로서 그 자체로 다양한 생물들이 서식하는 생태계의 보고이다. 백두대간은 또한 이 땅의 모든 생명에게 물을 제공하는 물의 저장고인 동시에 이 땅의 크고 작은 강들을 품어 흐르게 하였다.

백두대간은 남한의 고산지역 대부분을 포함하고 있다. 국립공원이 들어선 설악산, 오대산, 소백산, 월악산, 속리산, 덕유산, 지리산뿐 아니라 점봉산, 창옥산, 태백산, 함백산, 금대봉, 대미산 등이 주요한 산줄기를 이루고 있다. 이렇듯 고산지역을 품고 있기 때문에 적지 않은 고산식물들을 품어 자라게 하고 있다.

이 고산식물들은 과거 빙하기 때 한반도가 추워지자 백두대간을 타고 남쪽으로 내려왔다가 빙하기가 끝나고 다시 따뜻해지자 북쪽으로 물러나는 과정에서 남은 것들이다. 고산식물이 살아갈 수 있는 조건을 어느 정도 갖춘 높은 산에 정착하게 된 것이다.

고도에 따라 기온과 기후, 지질과 바람 등의 조건이 다 달라지기 때문에 식

설악산 산솜다리

지리산 남부의 자주솜대

물들의 분포 또한 달라진다. 간단히 살펴보면 고도가 낮은 곳에서는 대부분 낙엽활엽수들이 살고, 높은 곳에는 상록침엽수들이 많으며, 아고산대 식생대가 발달한다. 그리고 고도가 더 높은 고산대에는 많은 고산식물이 자란다. 백두대간에는 위도와 고도에 따라 고산 기후부터 난대 기후까지 여러 기후대가 나타난다. 이 기후에 따라 극지 고산식물, 고산식물, 상록침엽수, 낙엽활엽수, 상록활엽수, 그리고 이들이 섞여 있는 혼합림 등 다양한 식물종과 식생이 펼쳐 있다. 백두대간 주변의 생태계 조사 자료에 의하면, 백두대간 일대에는 약 120과 1326종의 식물이 자라며, 한반도에만 자라는 한국 특산 식물 407종 가운데 109종이 백두대간에서 자생한다.[*] 또한 백두대간에는 법정보호식물 64종 가운데 18종이 살아가고 있다. 이 64종 가운데 35종이 섬 지방에 자라거나 수생식물이라는 것을 감안할 때 육지에서 자라는 대다수의 멸종위기 식물이 백두대간

---

[*] 교육인적자원부, 『백두대간의 이해와 보전』, 2003년 12월

에 기대어 살고 있다고 말할 수 있다. 이 가운데 솜다리, 자주솜대, 털개불
알꽃, 홍월귤 등은 오직 백두대간에만 생육하고 있다.

백두대간에 자라는 가장 특징적인 식물 중 하나가 고산식물이다. 고산식물
은 큰키나무가 연속적으로 자라지 못하는 교목 한계선보다 높은 곳에서 자
라는 식물이다. 하지만 남한 쪽 백두대간에 서식하는 고산식물들은 서식하
는 지역이 매우 좁을 뿐 아니라 산의 정상에 집중되는 등산, 무분별한 고산
식물의 채취, 기후 온난화, 산성비 등으로 인해 많은 종이 사라질 위험이 매
우 높다고 할 수 있다.

제4장
월악산국립공원

:

마의태자,
미륵을 꿈꾸다

ⓒ 최창남

"

지나는 이 하나 없어 고개는 고요했다.
바람과 햇살만 머물고 있을 뿐 적막했다.
바람에 펄럭이는 나뭇잎들의 부대끼는 소리들만
한가롭게 들려왔다.

"

기다림을
배우다

산을 다니는 동안 나는 늘 기다렸다. 발바닥이나 발목, 무릎이 아플 때는 통증이 사라지기를 기다렸고, 무더운 날에는 바람 불어오기를 기다렸다. 무덥고 가슴 답답한 날에는 비 내리기를 기다렸다. 숲이 고요한 날은 숲의 소리가 들려오기를 기다렸고, 숲의 소리가 들리는 날은 내 마음의 소리가 들려오기를 기다렸다. 내가 정말 무엇을 원하고 있는지 알고 싶었다. 그뿐인가. 산길 걷는 내내 이 길이에서 끝나기를 기다렸고, 쉽사리 끝나지 않는 길을 걸으며 포기하지 않고 끝까지 걸을 수 있기를 기다렸다.

산은 산길 걷는 내게 기다림에 대해 가르쳐주었고, 기다림은 또 다른 것들을 알려주었다. 다 같은 풀 같지만 다 다른 풀이라는 것을 알려주었고, 다 같은 나무 같아도 같은 나무는 하나도 없다는 것도 가르쳐주었다. 다 같아 보이는 나뭇잎도 다 다르다는 것을 가르쳐주었다. 참나무가 좋은 나무라고 하여 숲에 참나무만 있어서는 건강한 숲이 되지 않는다는 것도 가르쳐주었고, 건강한 나무만 있어서는 건강한 생태 숲이 되지 않는다는 것도 가르쳐주었다. 건강한 나무도 있고, 병든 나무도 있고, 벌레 먹은 나무도 있고, 죽어서 흙으로 돌아가는 나무도 있어야 한다는 것을 가르쳐주었다. 그래야 벌레를 먹으러 새들도 날아오고 숲이 쓰러진 나무들로 가득 차지 않을 수 있다는 것을 가르쳐주었다. 모든 생명이 제각기 살아가는 방식이 다를 때에야 비로소 숲이 아름다워진다는 것을 가르쳐주었다. 서로 다르기 때문에 함께 살아갈 수 있고 또 함께 살아가야 한다는 것을 알게 해주었다. 그뿐인가. 아무리 거대한 숲이라고 하더라도 풀 한 포기, 나뭇잎 한 장으로부터 시작된다는 것도 알게 되었다. 아무리 작고 보잘것없는 것이라고 할지라도 거기서부터 거대한 숲이 시작되는 것이었다. 숲에서는 아무리 작고 보잘것없는 것도 숲의 전부라 할 수 있을 만큼 소중하다는 것도 알게 되었다.

　모두 자기 자신의 모습으로 제각기 다른 모습으로 살아갈 때 건강한 숲이 이루어진다는 사실은 나를 바꾸어주었다. 변화는 간단했다. 나는 다른 친구들과 조금 다르게 생각하고 다르게 행동하고 다르게 살아가는 나 자신에 대해 혼란을 느끼고 조금씩 자신감을 잃어가고 있었지만, 이제는 이해하고 받아들일 수 있었다. 나는 내 모습대로 다르게 살아가면 되는 것이었다. 나는 내가 하고 싶은 것을 하면 되는 것이었다. 이제야 엄마에게 내가 무엇을 하고 싶은지 말할 수 있을 것 같았다. '미안하다'고도 말할 수 있을 것 같았다. '사랑한다'고도 말할 수 있을 것 같았다.

우리는 미륵리사지를 지나 하늘재로 향했다. 조금 더 가자 하늘재로 들어가는 길이 보였다. 표지석에는 '오랜 역사의 숨결을 간직한 하늘재'라고 새겨져 있었다. 길로 들어서자 작은 계곡에 산을 넘어온 맑은 물 흐르고 있었다. 지나는 사람 없는 길은 적막하기 이를 데 없어 산길이 아니라 꿈속인 것 같았다.

충북 단양군과 제천시, 충주시, 경북 문경시에 걸쳐 있는 월악산국립공원은 백두대간 남한 구간의 중간 지점에 있다. 마패봉에서 벌재까지 약 32.6km의 백두대간 마루금을 품고 있으나 거의 대부분의 구간이 비개방 구간이어서 산길로 들어갈 수 없었다. 포암산과 관음재 정도만 갈 수 있을 뿐이었다. 우리는 마루금 걷기를 포기하고 백두대간 마루금 지나는 하늘재에 올랐다가 다시 내려와 미륵사지 등을 본 후 다음 날 덕주사로 해서 마애불도 보고 영봉에 오르기로 했다. 삼촌은 마루금을 걷지 못하는 아쉬움을 달래려는지 갈 수 없는 구간에 대해 말을 해주었다.

"지리산에서부터 북쪽으로 뻗어오르던 백두대간은 속리산을 지나면서 동쪽으로 흐르거든. 우리가 지금 가는 하늘재도 동으로 흐르는 줄기지. 하늘재에서 포암산, 대미산, 황장산과 벌재를 지나 소백산 국립공원에 속하는 저수령을 거쳐 도솔봉에 올랐다가 죽령을 넘어 비로봉, 국망봉으로 이어져 태백산에 이르기까지 동쪽으로 흐르지. 아름답지 않은 산이 있겠느냐마는 '큰 아름다움을 품은 산'이라는 대미산(大美山)은 이름 그대로 정말 아름답지. 야생화도 지천이고 이름도 아름다운 눈물샘도 있고. 또 차갓재는 남한 백두대간의 중간지점이야. 고개 한편에 '백두대간 남한구간 중간지점'이라는 표지석이 놓여 있지. 좌우에 백두대간의 양쪽 머리이자 끝인 백두산과 지리산을 상징하는 백두대장군과 지리여장군 장승이 지키고 있지. 그 표지석 뒤에 통일이 되어 끊어진 백두대간이 이어지기를 바라는 간절한 마음이 적혀 있지. 내가 한번 읊어볼게. 너무 좋아서 외우고 있지."

삼촌은 목청을 가다듬더니 새처럼 낭랑하고 높은 목소리로 읊기 시작했다.

통일이여! 통일이여!
민족의 가슴을 멍들게 한 철조망이 걷히고
막혔던 혈관을 뚫고 끓는 피가 맑게 흐르는 날
대간길 마루금에 흩날리는 풋풋한 풀꽃 내음을 맘껏 호흡하며

물안개 피는 북녘 땅 삼재령에서

다시 한 번 힘찬 발걸음 내딛는

니 모습이 보고 싶다.

2005년 7월 16일

문경 산들모임

"어떠니? 근사하지? 설명하자면 너무 할 말이 많다. 그만하자."

길은 잔잔하고 바람은 소소했다.

간간히 흔들리며 재잘대는 나뭇잎들 사이로 햇살 비추었다.

하늘재였다.

하늘재에 서다

"여기가 하늘재다. 우리가 하늘에 있는 거야."

깊은 숲속이어서 그랬을까. 사람 지나지 않는 한적한 고갯길이어

서 그랬을까. 곁에 서 있는 삼촌의 목소리가 멀리서 들려오는 것 같

았다. 지나는 이 하나 없어 고개는 고요했다. 바람과 햇살만 머물고 있을 뿐 적막했다. 바람에 펄럭이는 나뭇잎들의 부대끼는 소리들만 한가롭게 들려왔다. 특별할 것 없는, 평범하기 그지없는 고개였다.

하늘재는 경북 문경시 문경읍 관음리에서 충북 충주시 상모면 미륵리 사이를 이어주는 고개이다. 하늘과 맞닿아 있다 하여 하늘재라는 이름으로 불리게 되었다. 하지만 높이는 525미터로 그리 높지 않다. 우리나라에서 최초로 뚫린 가장 오래된 고갯길이다.

신라 제8대 아달라(阿達羅) 왕 재위 3년(156년)에 북진을 위해 길을 열었다고 한다. 『삼국사기』에는 '겨릅산', '계립령'으로 기록되어 있고, 『고려사』에는 '대원령'(大院嶺)이라는 이름으로 기록되어 있다. 또한 『신증동국여지승람』에는 '마골점'(麻骨岾), '마골산'(麻骨山)이라는 이름이 보인다. '한원령'이라는 다른 이름으로 불리기도 했다.

"충북과 경북 두 고장 사람들이 이 고개를 넘나들며 장을 보고 교류했지. 이 고개는 그 사실만으로도 역사적인 의미를 갖지만, '하늘재'라는 이름에는 그것과는 또 다른 중요한 의미가 있어. 하늘재라는 이름이 언제부터 쓰였는지는 정확하게 아는 사람이 없다더구나. 나라에서 지어준 이름이 아니라 당시 백성들의 입에서 입으로 전승되어온 이름이기 때문에 언제부터 불렸는지 알 수 없었을 거야. 하늘재라는 이름에는 고단한 삶을 죽지 못해 살아가던 당시 백성들의 간절한 소망과 염원이 깃들어 있지. 단지 하늘에 맞닿아 있어 하늘재라고 부른 게 아니야. 아까 우리가 지나온 데 있지? 큰 석불 있던 곳 말이야."

나는 고개를 끄덕였다.

"그 동네 이름이 미륵리야. 이 고개 저쪽이 관음리이고. 불교에서는 관음은 우리가 살아가는 현실을 말하는 것이고, 미륵은 죽어서 가는 내세를 뜻하지. 그러니 이 고개는 먹고살기도 힘든 고단한 삶에서 하루속히 벗어나 내세를 바라보는 소망의 고개이고, 미륵의 자비가 고단한 현실 세계에 내려오기를 바라는 염원이 깃든 고개였던 거야. 내세와 현실을 이어주는 고개인 셈이지. 그러니 이름이 하늘재일 수밖에. 내세와 현실을 이어주는 능력은 오직 하늘만이 가지고 있었으니 말이야.

그런 의미에서 보면 하늘재는 백성들의 고단한 삶이 그대로 담겨 있는 이름이라고 할 수 있다. 그들의 슬픔과 절망과 분노와 희망 등이 그대로 담겨 있는 것이지. 삶이 얼마나 고단했으면 마을 이름을 자비의 상징인 관음과 백성들을 구원하기 위해 오시는 미륵이라고 지었겠어. 백성들은 이 고개를 지나며 고단한 세상을 하루속히 떠나 미륵이 다스리시는 행복한 세계로 들어가기를 염원하였겠지. 미륵의 자비 임하여 등 따습고 배불리 먹을 수 있는 날이 속히 오기를 고

대하였을 거야. 그러니까 미륵의 세계는 단순히 죽어서 가는 내세가 아니라 고단한 현실 속에서 이루어지기를 원하는 이상향이라고도 할 수 있지. 미륵의 자비가 임한 새로운 세상 말이야."

수많은 사람들의 가슴에 남은 이야기들을 담고 있는 하늘재는 못다 한 이야기들을 들려주려는 듯 고요하기만 했다.

나무들 사이로 바람 불어와 땀에 젖은 몸을 식혀주었다.

"철수야, 이리 와 봐. 저 앞에 하늘재를 설명해놓은 표지석이 있거든"

그곳에는 계립령유허비가 서 있었다. 계립령은 하늘재의 옛 이름이었다. 계립령유허비에는 이 고개의 간단한 내력과 비를 세운 이유가 적혀 있었다.

…… 태초에 하늘이 열리고 사람들의 발길이 이어지면서 영남과 기호지방을 연결하는 중추적인 역할을 맞아 장구한 세월 동안 역사의 온갖 풍상과 애환을 고스란히 간직해온 이 고개가 계립령이다. 경북 문경시 문경읍 관음리와 충북 충주시 상모면 미륵리의 분수령을 이루고 있는 이 고개는 속칭 하늘재, 지릅재, 겨릅사, 대원령이라 부르기도 하며, 신라가 북진을 위해 아달라왕 3년(156년) 4월에 죽령과 조령 사이의 가장 낮은 곳에 길을 개척한 계립령은 신라의 대로로서 죽령보다 2년 먼저 열렸다. (중략) 조선조 태종 1년(1414년)

조령로(지금의 문경새재)가 개척되고 임진왜란과 정유재란, 병자호란을 거치면서 조령로가 험준한 지세로 군사적 요충지로 중요시되자 계립령로의 중요성은 상대적으로 점차 떨어지게 되어 그 역할을 조령로에 넘겨주게 되었다.

오랜 세월 동안 묵묵히 애환을 간직해온 계립령의 역사적 의미를 되새겨 보고 고개를 넘는 길손들에게 지난 역사의 향취를 전하고 그 뜻을 기리고자 이곳에 유허비를 세운다.

2001년 1월 문경시장

"간단하게 말하면, 하늘재가 가장 먼저 열린 오래된 고개이지만 죽령과 조령에 밀려 지금은 한적한 고개가 되었다는 말이야. 물론 옛날에는 아주 중요한 고개였지. 남북을 연결하는 통로였을 뿐 아니라, 한강과 낙동강 사이에 자리 잡고 있어서 물류를 운반할 때도 매우 편리한 경로였지. 낙동강으로 싣고 올라와 이 고개만 넘으면 바로 한강까지 연결될 수 있었으니 말이야. 그러한 지형적 이점으로 인해 삼국시대에는 이 지역을 차지하려고 전쟁이 끊이지 않았지. 그렇게 중요하고 번다한 고개였는데 지금은 우리 둘만 이렇게 서 있구나. 세월이 참 무상하다는 말은 이럴 때 쓰는 말 같구나."

우리는 올라온 길을 따라 내려갔다.

관음의 세계에서 미륵의 세계로 들어가고 있었다.

꿈속으로 들어가고 있는 듯 햇살 뜨거운 숲길은 아지랑이 피어오르는 것처럼 아련했다.

영봉을 오르다

월악산국립공원은 충북 단양군과 제천시, 충주시, 경북 문경시에 걸쳐 있다. 하늘을 향해 불쑥 솟아 있는 영봉(1097m)이 주봉이고, 중봉과 하봉이 형제처럼 나란히 늘어서 있다. 그 외에도 대간 길에 있는 황장산, 여름에도 눈이 있었다는 하설산, 만수봉, 포암산 등의 여러 산들과 송계계곡, 용하계곡 같은 아름다운 계곡과 단양팔경 등을 두루 품고 있다. 월악산국립공원 자체가 하나의 아름다움이라고 말해도 조금도 지나치지 않다. 우리는 그 모든 아름다움을 품고 있는 월악산국립공원의 주봉인 영봉을 향했다. 월악산은, 달이 뜨면 커다란 하나의 바위로 이루어진 영봉에 걸린다 하여 월악이라는 이름이 붙었다고 한다. 영봉의 모습이 얼마나 장관일지 궁금했다.

월악산 깊은 골짜기에서 흘러내린 물은 뜨거운 햇살에도 불구하고 차가웠다. 맑았다. 계곡의 바닥까지 훤히 드러나 보였다. 얼굴을 비추자 내 마음까지 비칠 것만 같았다. 그 옛날 학이 머물었다는 학소대를 지나니 신라의 마지막 왕자였던 마의태자의 동생 덕주공주의 이름을 따라 지었다는 덕주사였다. 이 절은 원래 신라 진평왕 9년(586년)에 창건되었다. 신라가 망한 후 덕주공주가 이곳에 머물며 높이 15미터의 큰 바위에 마애미륵불*을 세운 후 절 이름을 덕주사로 바꾸었다고 한다. 망한 나라의 마지막 공주의 이름으로 절 이름을 바꾼다는 것은 아무리 사찰의 일이라도 조심스러울 수밖에 없었을 것이다. 그런데도 절 이름을 덕주사로 바꾸었다는 데에서 덕주공주의 덕과 신심이 백성들에게 얼마나 두터운 인망을 얻었는지를 쉽게 짐작할 수 있다.

숲은 점점 깊어지고 있었다. 조금 더 숲길 따라 들어가자 멀리 마애미륵불이 보였다. 우리는 걸음을 재촉하였다. 마애불 앞에 서니 삼촌이 어린나무 같았다.

"덕주공주가 세웠다는 마애불이다. 이 마애불이 바라보고 있는 방향이 어딘지 아니?"

"당연히 남쪽이지. 우리가 남쪽에서 올라왔으니까."

---

*마애미륵불의 정식 명칭은 '마애여래입상'으로 보물 제406호이다.

ⓒ 최장남

"그래, 남쪽을 바라보고 있는 거야. 그런데 왜 남쪽을 바라보고 있는 것일까? 다른 쪽을 바라볼 수도 있잖아?"

"그러게…… 그건 모르겠네……."

머리를 긁적이며 말했다.

"우리 어제 하늘재에서 내려올 때 미륵리에 있는 커다란 석불 보았지? 그 석불의 원이름은 석조여래입상인데, 이 마애불은 미륵리에 있는 그 석불을 바라보고 있는 거야. 마애불의 원이름은 마애여래입상이야. 석불과 마애불의 이름도 비슷하지? 그 석불이 바로 덕주공주의 오빠이자 신라의 마지막 왕자인 마의태자가 세운 거래. 그 불상의 얼굴이 마의태자라는 이야기도 아울러 전해오고 있단다. 물론 사실인지 아닌지는 확인할 길이 없지. 석불은 북쪽을 향해 서서 덕주공주의 화신이라 할 수 있는 마애불을 바라보고, 마애불은 남쪽을 향해 서서 마의태자의 화신이라 할 수 있는 대불을 바라보고 있는 거야. 석불을 북향으로 세우는 경우는 거의 없다고 하더구나. 그러니까 이 석불이 북쪽을 향하도록 세워진 데에는 분명 어떤 의도가 깔려 있다는 거지. 마애불과 석불이 마주보며 서로를 지켜주기 위해 그렇게 세웠다는구나."

삼촌의 이야기를 듣고 있자니, 마의태자와 덕주공주가 어린 시절에 만난 사람이기나 한 것처럼 친근하게 느껴졌다.

"전해지는 이야기에 의하면, 신라의 마지막 왕인 경순왕이 기우는 나라의 운세를 감당하지 못해 고려의 왕건에게 나라를 넘긴 후 마의 태자는 길을 떠났지. 목적지는 금강산이었어. 그곳에서 병사를 길러 신라 부흥의 꿈을 이루려는 것이었지. 그런데 금강산을 향해 가던 중 문경 마성면에 이르렀을 때 두 사람의 꿈에 관음보살이 나타났어. 관음보살은 석불과 마애불을 조성할 것을 명했다는구나.

'이곳에서 서쪽 고개를 넘으면 큰 터가 있을 것이다. 그곳에 절을 짓고 석불을 세워라. 또 북두칠성이 마주 보이는 영봉을 골라 마애불을 조성하라. 그리하면 억조창생에게 자비를 베풀 수 있을 것이다.'

그래서 마의태자와 덕주공주는 석불과 마애불을 세웠다는 거야. 그 일을 하기 위해 8년 동안 이곳에 머물렀다는구나. 물론 석불을 세운 후 마의태자는 금강산으로 떠났지. 덕주공주는 남았고."

"금강산에 가다 말고 8년 동안이나 머물렀단 말이야?"

"그래, 분명 8년 동안 머물렀다고 하는데, 바로 그 점이 생각해볼 대목이야. 마의태자와 덕주공주가 세웠다는 석불과 마애불 이야기가 아름답고 애틋하기는 하지만, 아무래도 이 석불을 마의태자가 세웠을 것으로 보이진 않는구나. 미륵리사지 사찰이 서고 석불이 만들어진 때가 고려 초였어. 그러니까 망국의 태자인 마의태자가 신라 부흥의 꿈을 안고 금강산으로 가다가 아무리 꿈에 관음보살의 현신을 보았다고 하더라도 이곳에서 8년이나 머물며 석불을 세웠다는 것이 쉽게 이해가 되지 않는구나. 믿기 어려워. 그것만이 아니다. 사찰도 짓고 석불도 세우려면 자재뿐 아니라 많은 인부들을 동원할 엄청난 재물이 있어야 할 텐데, 그런 엄청난 경제적 능력이 마의태자에게 있었겠니? 망한 나라의 태자에게 무슨 재물이 그렇게 많았겠어. 또 정치적이고 사회적인 상황도 여의치 않았을 거야. 생각해 봐라. 고려 입장에서 보면, 망국의 태자가 물산이 풍부한 지방에 8년이나 머물며 사찰과 석불을 건립하며 백성들의 인심을 모으는 것을 좋아했겠어? 당연히 안 좋아했겠지."

나는 고개를 끄덕였다. 논리적이고 상식적으로 생각할 때 삼촌처럼 생각하는 것이 당연해 보였다.

"사정이 그런데도 당시 백성들이 석불을 마의태자의 자화상으로 생각한 것은 천년 신라의 마지막 왕자인 마의태자에 대한 애틋한 마음 때문이었을 거야. 마의태자는 끝까지 나라를 지키고 회복하기 위해 노력했거든. 그런 모습과 마음이 백성들에게 전해졌던 게 아닐까. 백성들은 그를 위로하고 보듬어주고 싶었을 거야. 그의 삶에 대해 애틋한 정을 느꼈을 거야. 그를 기억하고 싶었을 거야. 그래서 석불을 마의태자로, 마애불을 덕주공주로 여기는 아름다운 이야기를 만들어낸 것이 아닐까 하는 생각도 드는구나. 물론 실제로 어땠는지는 알 수 없는 일이지.

아마도 우리나라에서 마의태자만큼 백성들의 사랑을 받은 태자는 없었을 거야. 그렇기 때문에 마의태자에 대한 이야기가 백두대간 곳

곳에도 남아 있는 것이 아닌가 싶다. 망국의 왕자이지만 백성들에게
는 인기 짱이었던 셈이지. 소백산에도 마의태자 이야기가 남아 있
지. 마의태자가 소백산 줄기를 지날 때 망한 나라의 수도를 향해 울
었다는 슬프지만 아름다운 이야기가 전해지고 있거든. 그 봉우리가
바로 소백산 줄기 국망봉(國望峰)이야. '나라를 바라본 봉우리'라는
뜻이지. 물론 그 나라는 망한 나라인 신라이고. 마의태자로 인해 국
망봉이라는 이름을 얻은 것이지."

　산허리로 나 있는 길은 가파르고 지루했다. 돌계단을 지나며 철계
단이 나오기를 반복했다. 숨을 돌리느라 잠시 걸음 멈추고 쉴 때면
바람 불어와 땀을 식혀주었다. 첩첩한 산줄기 마다 햇살 쏟아져 눈
부셨다.
　그렇게 얼마나 갔을까. 영봉이 눈앞이었다. 거대한 하나의 바위였
다. 높이 150미터, 둘레 4킬로미터나 되는 거대한 바위이다. 이 봉
우리는 신령하다 하여 영봉(靈峰)이라는 거룩한 이름을 얻었다고 한
다. 영봉이라 불리는 산은 우리나라에 백두산과 월악산 두 곳뿐이
다. 남한에서는 월악산 영봉 한 곳이다. 그 거대한 바위를 끼고 몇
번을 돌아드니 어느새 영봉이었다. 정상에 영봉이라고 쓴 표지석이
단정히 놓여 있었다. 발걸음 멈추고 바라보았다.
　영봉에는 아무도 없었다. 사람이라고는 우리 둘뿐이었다. 그렇게

잠시 서 있자 우리 두 사람도 영봉 주위에 들러선 나무들처럼 자연의 일부가 된 것만 같았다. 바람조차 머물고 있지 않았다. 나뭇잎도 흔들리지 않았다. 고요했다. 적막했다. 영봉이라는 이름 그대로 영적 기운이 서려 있는 땅 같았다. 거룩함이 서려 있는 곳 같았다. 나는 숨을 고르고 옷매무새를 고친 후 조심스럽게 발걸음을 떼었다. 영봉에 올랐다. 영봉이라고 쓰여 있는 표지석 곁에 앉았다.

하늘 맑고 구름은 저 멀리 있었다. 첩첩한 산줄기마다 구름 머물고 햇살은 산줄기마다 부서져내려 구름은 보석처럼 빛나고 있었다.

우리는 한동안 말없이 그렇게 앉아 있었다.

햇살을 받은 구름이 새벽이슬처럼 빛나고 있었다.

"참 멋지다, 삼촌. 멋지다는 말로는 모자라. 황홀한 풍경이야. 태어나서 이렇게 멋진 광경은 처음이야."

나는 아스라하게 펼쳐져 있는 산줄기를 바라보며 말했다.

"그래, 멋지지? 나도 그래. 그렇게 산을 많이 다녔는데도 해 뜨는 새벽이니 해 지는 저녁이 아니라 한낮의 산줄기 풍경이 이렇게 아름다운 것은 나도 처음이다. 정말 신비한 풍경이구나."

"삼촌, 뭐 하나 물어봐도 돼?"

"당근. 뭐든 물어봐."

"왜 산에 다녀? 삼촌처럼 글 쓰는 사람이 산에는 왜 그렇게 열심히 다니는데? 나 어렸을 적에는 안 다녔던 것 같은데 언제부터인가 산을 열심히 다녔지. 그게 전부터 궁금했어. 언젠가 기회가 되면 물어보고 싶었어."

"산이 좋아서 다니는 거지, 뭐 다른 이유가 있겠어?"

"그런 것 말고 진짜 이유 말이야."

"글쎄……. 굳이 이유를 말하자면, 산을 지키고, 나를 지키고, 사랑하는 사람들을 지키고, 이 사회를 지키는 것이라고 믿고 있기 때문이지. 말로 설명하자면 긴데, 으음……. 이렇게 말하면 될까. 이 땅의 모든 생명은 풀 한 포기, 나뭇잎 한 장에서 시작되었다고 말할 수 있지. 그런 의미에서 보면 숲은 모든 생명의 바탕이라고 할 수 있어. 숲은 사람뿐 아니라 모든 생명이 살아갈 수 있는 생명의 터전이지. 그러니 숲이 파괴되면 모든 것이 파괴되는 거야. 사람도 파괴되지. 몸만 병드는 것이 아니라 마음도 병이 들어. 생각해 봐라, 숲이 하나도 없는 세상을……. 나무나 꽃이 하나도 없다고 생각해 봐. 얼마나 마음이 삭막해지고 세상이 살벌해지겠니? 그런 세상에서 살수 있겠어? 사람들이 모두 성격도 괴팍해지고 아무것도 아닌 일에도 화를 내고 싸우겠지. 그러니까 숲을 사랑하고 지키는 일은 나 자신을 지키는 일일 뿐 아니라 내가 좋아하는 철수 너나 엄마 같은 모든 사랑하는 사람을 지키는 일이기도 한 거야. 숲길 걸으면 마음이 맑아지지. 너도 그런 거 느꼈을 것 아니냐. 영혼이 정화되는 것을 느

끼지……. 그래서 나는 숲을 찾는 거야. 나는 너도 숲을 사랑하게 되길 바란다. 산을 좋아하게 되기 바라. 삼촌이 예전에 미국 국립공원 몇 군데에 가 본 적이 있었는데, 너무 아름답더구나. 그래서 한때는 미국 국립공원의 레인저로 일해 보는 것도 참 좋겠다고 생각한 적이 있었어."

"우리나라 국립공원에는 레인저가 없어?"

"아니야, 있어. 있기는 하지만, 미국처럼 제도적으로 정착되어 있지는 않아. 사법권도 없고 말이야. 공원 내에서는 경찰의 기능을 할 수 있어야 하거든. 제도적인 준비도 아직은 많이 부족한 편이지. 세계에서 국립공원이 처음 시작된 미국하고 우리나라를 비교할 수는 없지."

"미국 국립공원 레인저 한번 해 보고 싶었다며? 해 보지 그래. 삼촌 덕에 나도 구경 좀 해 보게."

"내가 하고 싶다고 시켜주겠니? 어림도 없는 이야기지. 나야 그냥 관광객일 뿐인데. 자격이 없지. 구경 가는 거야 뭐 어렵겠니? 나중에 가면 되지. 기회 되면 함께 가자꾸나."

삼촌은 내 어깨를 툭 치며 말했다.

새소리가 들린 것 같았다. 그러나 돌아보지 않았다.

'새소리였다면 다시 들리겠지…….'

우리는 그대로 앉아 있었다. 첩첩하여 아득히 흐르는 산줄기들을 바라보았다. 햇살 받아 보석처럼 빛나는 구름들을 바라보았다. 어디선가 바람이 불어왔다. 깊은 골에서 불어오는 것 같기도 하고 저 산줄기들 너머에서 불어오는 것 같기도 하였다. 아니, 어쩌면 마음에서 불어오는 것인지도 몰랐다.

솔나리 *Lilium cernuum*

영명 Nodding Lily

멸종위기야생동식물 Ⅱ급

| 사는 곳 | 주로 높은 산 햇빛이 잘 드는 능선에 자생한다. 현재 월악산의 영봉, 중봉, 하봉 일원에서 작은 군락을 형성하고 있다.

| 생김새 특징 | 꽃은 홍자색이며, 줄기 끝에 1~4개가 땅을 향하여 달려 있다.

| 생태적 특징 | 여러해살이풀. 꽃은 7~8월에 핀다.

| 특이사항 | 솔잎처럼 가는 잎을 가지고 있어 '솔나리'라는 이름이 붙었다.

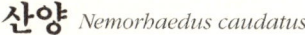

월악산국립공원의 깃대종

산양 *Nemorhaedus caudatus*

영명 Korean Goral, Amur Goral, Long-tailed Goral

멸종위기야생동식물 Ⅰ급. 국제적 멸종위기종 Ⅰ(CITES). 천연기념물 제217호

| **사는 곳** | 한국, 연해주, 만주 지역, 특히 절벽과 바위로 둘러싸인 산에 서식한다. 한국은 설악산, 오대산, 월악산, 태백산 일대에 서식한다.

| **생태적 특징** | 다른 동물의 접근이 어려운 바위와 바위 사이, 동굴 등에 2~5마리씩 모여서 생활한다.

| **생김새 특징** | 몸길이 130cm 정도이며, 암수 모두 뿔이 있고 목이 짧고 다리가 굵으며 발끝이 뾰족하다.

| **먹이** | 바위이끼, 진달래, 철쭉, 초본류 등

| **특이사항** | 남한에 남아 있는 개체수는 700여 마리로, 그중에서 100~200마리가 설악산에 살고 있는 것으로 추정된다. 월악산에서는 복원사업이 진행 중이다.

월악산국립공원의 프로그램

| 야생화 향기와 함께 떠나는 만수골 |

월악산국립공원의 자연생태를 자유롭게 체험하고 느낄 수 있는 기회를 제공하여 자연의 소중함을 깨닫고 이해하도록 한다. 이를 통해 자연생태계 보전의 중요성과 필요성을 공감하고, 자연을 바라보는 새로운 시각을 제공한다.

| Doctor, 주니어 레인저! |

국립공원의 자연경관과 자연생태를 체험하고 감상하는 기회를 제공하여 탐방객들이 자연의 소중한 가치를 깨닫고 자연생태계 보전의 중요성과 필요성을 느끼도록 한다.

| 마의태자의 흔적을 찾아 떠나는 하늘재 |

마의태자가 망국의 한을 곱씹으며 백두대간을 떠돌았던 흔적을 따라가 본다. 미륵리사지와 중원문화 체험도 포함되어 있다.

| 단양팔경 풍류 즐기기 |

월악산 단양 지구에 산재한 명승지 단양팔경의 경관을 해설과 함께 즐길 수 있다. 단양팔경 중 특히 경관이 뛰어난 사인암 탐방, 방곡도예전시관 관람, 유람선 탑승 등으로 구성된다.

제5장
소백산국립공원

:

사람을 살리는 산

ⓒ최정남

66

제2연화봉 지나고 천문대 지나니
대초지가 펼쳐지고 있었다.
그 어느 산에서도 볼 수 없었던 정경이었다.
큰 나무 한 그루 없지만 너무 아름다웠다.
황홀한 아름다움이었다.

99

산의 마음을 닮아가다

눈길 가닿는 숲마다 이미 깊을 대로 깊어 있었다. 봄 내내 여리던 잎들은 여름 깊어지며 어느새 짙고 강해져 거센 바람에도 떨어지지 않았다. 숲은 생의 절정을 향해 내달리고 있었다. 나무들은 하늘에 먼저 닿겠다는 듯 싱싱하게 뻗어오르고 나뭇잎들은 햇살 받을 때마다 환호하며 춤추는 것 같았다. 나무든, 나뭇잎이든, 풀이든, 야생화든 저마다 생명력 충만하여, 숲은 가득 찬 생명력으로 터져나갈 것만 같았다. 그 터져오를 듯한 생명력의 절정 뒤로 가을이 오고 있었다.

날 흐렸다. 비 오실 듯 구름이 몰려오고 있었다. 골마다 운무 피어오르고 있었다. 곧 죽령이었다. 이미 소백의 품 깊숙이 들어와 있었다.

"소백산 줄기는 저수령이라는 곳에서 시작해. 이곳 죽령이 아니고. 하지만 저수령 지나면 금방 나오는 묘적령에서 도솔봉까지는 산불조심 기간에는 통제되는 곳이지. 그 기간에는 갈 수 없어. 물론 산불조심 기간이 끝나면 갈 수 있지. 산줄기에 깃든 의미를 새겨 보려면 저수령부터 걸어야 하지. 저수령부터 소백산 최고봉인 비로봉까지 이어지는 산줄기들을 이루는 주요한 봉우리들은 하나의 의미로 연결되어 있지. 이 산줄기의 봉우리들은 서로가 서로를 부르는 듯 이어지며 비로봉(毘盧峰, 1439.5m)을 향해 있어. 이 산 이름들은 모두 불교와 관련되어 있어.

비로(毘盧)는 '비로자나불'(毘盧遮那佛)의 줄임말로 '몸의 빛, 지혜의 빛이 법계에 두루 비치어 가득하다'는 뜻이야. 간단히 말하면 '부처의 진신(眞身)'을 뜻해. 그러니 저수령에서 비로봉으로 가는 산줄기들은 모두 부처님을 향해 가고 있는 거라고 할 수 있어. 출발점인 저수령(底首嶺, 850m)은 직역하면 '낮은 머리 고개'라는 의미인데, 어떤 사람들은 고개가 높지 않은 탓에 그런 이름이 붙었다고 하지만 그게 아니야. 우리가 오늘 산행을 시작하는 여기 죽령(竹嶺, 689m)에 비하면 훨씬 높거든. 그러니 고개가 낮아서 그런 이름이 붙은 게 아니야. 이 고개 이름이 저수령이 된 것은 불교적 수행과 관련이 있어. 즉 '고개를 낮게 숙이고 들어가는 고개'라는 뜻이야. 겸손한 마음과 자세를 말하는 것이지.

저수령에서 겸손한 마음으로 고개를 숙이고 산길로 들어서면 촛대봉을 만나게 되지. 촛대봉(1081m)은 이름 그대로 불 밝혀 길 인도

한다는 뜻이고. 그곳을 지나 땀깨나 흘리며 걷다 보면 묘적봉(妙積峰, 1148m)을 만나게 되고 도솔봉(兜率峰, 1314m)을 오르게 되지. '묘적'은 참선하여 삼매경의 오묘한 경지에 들어간다는 뜻이야. 또 '도솔'은 장차 부처가 될 보살이 사는 곳을 의미하지. 그러니 이 산길은 그저 산을 지나는 길이 아니라 수행길인 거야. 불 밝혀 진리의 길로 인도하는 촛대봉을 지나 참선을 통해 삼매경에 든 후 도솔천에 들어가는 것이지. 그렇게 도솔봉을 지나 내려오면 우리가 서 있는 죽령이다. 사람 사는 세상인 셈이지. 불교 이야기를 들으라는 것이 아니야. 옛사람들의 마음을 보라는 것이야. 옛사람들은 산봉우리 하나에도 이런 마음을 담아 이름을 붙였다는 것이야."

"듣고 보니 그렇네요. 오늘 우리가 가는 산길에도 그런 의미가 담겨 있겠네."

"그럼. 죽령에서 비로를 향해 걷다 보면 세속에 드러난 진리를 상징하는 꽃인 연꽃이 봉우리를 틔운 연화봉(蓮花峰, 1394m)을 만나게 되지. 연화봉은 부처님을 상징하는 꽃이기도 해. 그 연화봉에서 진리의 삶을 이루게 되면 바로 부처님을 만나게 되는 거야. 부처님의 진신인 비로봉을 만나는 것이지. 그러니 소백산 비로봉을 향해 가는 산행은 그것 자체가 수행이요 깨달음이라고 할 수 있지. 여러 개의 산들이 이루어져 있지만 사실은 하나의 산이고 하나의 산행이며 하나의 마음이라고 할 수 있단다."

최정남

연화봉 가는 길에 야생화 가득했다. 둥근이질풀은 촘촘하고, 초롱꽃은 새침했다. 흰 개당귀는 함초롬하고 어수리는 우아했다. 노랑물봉선, 분홍물봉선들 흐드러지고 가을을 기다리지 못한 금마타리는 홀로 아름다웠고 샛노란 달맞이꽃은 가슴 떨리도록 눈부셨다. 구름 몰려왔다. 구름이 몸을 감쌌다. 구름 속에 물기 가득했다. 여린 비가 내리기 시작했다. 빗줄기라고 느끼기 어려울 만큼 여리고 가는 비였다. 그러나 달궈진 몸을 식혀주기에는 충분했다. 시원했다. 몸이 정화되는 듯했다. 제2연화봉 지나고 천문대 지나니 대초지가 펼쳐지고 있었다. 그 어느 산에서도 볼 수 없었던 정경이었다. 큰 나무 한 그루 없지만 너무 아름다웠다. 황홀했다. 황홀한 아름다움이었다. 연화봉으로 가는 길이었다.

"와아~!"

절로 탄성이 나왔다.

"삼촌, 너무 아름다워요. 풀만 있는데, 어떻게 이렇게 아름다울 수 있어요? 우리나라에 이런 곳이 있었다는 것이 정말 놀라워요. 이런 곳이 있는지도 몰랐네요."

삼촌은 나를 바라보며 웃었다.

"저쪽에 가서 좀 쉬자. 간식도 먹고."

비는 내리는 듯 마는 듯 했다.

연화봉에
오르다

　소백산국립공원은 충북 단양군, 경북 영주시·봉화군, 강원도 영월군 가운데에서 이 지역들을 나누고 있다. 1987년에 국립공원으로 지정되었다. 국립공원의 중심이 되는 소백산 비로봉은 북쪽으로는 국망봉, 상월봉, 남쪽으로는 연화봉, 제1연화봉, 제2연화봉, 도솔봉 등 1000미터가 넘는 봉우리들을 거느리고 있다. 산이 높으면 골이 깊고, 골이 깊으면 계곡이 아름다운 것은 당연하다. 소백산은 죽계구곡, 남천계곡, 희방계곡, 천동계곡 같은 아름다운 골짜기들을 품고 있다.

　소백산이라는 이름에는 '백'(白) 자가 들어가 있다. 우리나라의 산에는 '백' 자가 들어간 산이 많다. 백운산(白雲山)이라는 이름을 가진 산만도 100개가 넘는다고 알려져 있다. 그 외에도 문경, 괴산 지역의 백화산, 울진의 백암산이 있고, 태백시의 태백산, 함백산, 그리고 소백산도 있다. '백'은 '밝음'을 의미한다. '광명'을 의미한다. 즉 '지혜를 밝게 비추는 것'이다. 즉 지혜를 비추어 깨우침을 준다는 뜻을 담고 있는 것이다. 그러니 우리나라의 영산이라 알려져 있고 백두대간의 머리가 되는 백두산(白頭山)은 '밝음, 광명, 지혜, 깨달음' 등을 상징하는 '백' 자가 들어간 산들 중 가장 머리가 되는 산인 것이다. 백두산은 '지혜의 머리가 되는 산'이다. 참으로 민족의 영산이라 아니할 수 없다. 이처럼 '백' 자가 들어간 산들은 모두 그 지역의 영산으로 정신적 지주 역할을 했다. 그런 의미에서 보면 태백산(太白山)은 '큰 지혜가 깃든 산'이고, 함백산(咸白山)은 '지혜를 널리 펼치는 산'이라는 뜻을 담고 있다. 소백산(小白山)은 '작은 백두산'이니, '백두산보다는 작은 지혜를 품고 있는 산'인 것이다.

백두산에서 흐르기 시작한 백두대간은 지리산(智異山)에서 끝난다. 지리산 역시 '백' 자가 들어가지 않았을 뿐 지혜로운 산이라는 의미를 담고 있다. 지리산은 '사람 사는 세상과는 다른 종류의 지혜를 지니고 있는 산'이라는 뜻이다. 그러니 백두대간은 지혜로 시작하여 지혜로 끝나는 지혜의 산줄기인 것이다.

"지난주에 엄마하고 여행 갔다 왔다며?"

"응, 강릉."

엄마가 전화한 모양이었다. 엄마는 아빠가 돌아가신 후 삼촌하고 여러 가지 일들을 의논하는 것 같았다. 특히 내 문제에 관해서는 늘 삼촌과 의논하는 눈치였다.

"좋았겠구나. 오랜만이지?"

"응. 아빠 돌아가시고 나서는 처음이야. 아빠 돌아가신 후라고 할 것도 없지. 엄마하고 둘이 여행 간 것은 태어나서 처음이지. 아빠 돌아가시기 전에는 늘 다 함께 갔으니까."

"뭐했니?"

"뭐하긴, 바다 구경하고 회 먹고 왔지. 그게 다야."

"그랬어? 알았어."

삼촌은 이것저것 더 묻고 싶은데 내 마음이 불편해질까 봐 입을 다무는 듯했다.

"정말이야. 그게 다야. 다만…… 내가 '죄송하다'고 말했고…… 엄마는 우셨어. 뭐 그렇다고 펑펑 우신 건 아니고, 눈물만 글썽이셨어."

나는 엄마가 식사를 하시다가 화장실 가셨다는 건 이야기하지 않았다. 엄마는 식사가 끝나갈 무렵, 어찌 보면 뜬금없어 들리는 '죄송하다'는 내 말을 듣고는 나를 물끄러미 쳐다보셨다. 엄마의 눈에 눈물 고이고 있었다. 눈물 글썽이셨다. 화장실 가신다며 일어나셨다. 나는 창밖을 보았다. 창밖에 햇살을 드리운 바다 반짝이며 출렁이고 있었다. 왜 바다를 보며 그런 생각이 문득 들었을까.

'엄마의 눈물처럼 반짝이는구나.'

그런 생각에 잠겨 있을 때, 엄마가 돌아왔다. 엄마의 눈가는 붉었다.

"정말 그게 다야."

나는 다시 한 번 말했다.

"알았어. 누가 뭐라니? 어쨌든 잘했다. 참 잘했어. 엄마가 정말 좋아하셨겠구나."

삼촌은 웃었다. 나는 아빠가 돌아가신 것이 엄마 잘못이 아니라는 걸 처음부터 잘 알고 있었다. 투병하시는 동안 헌신적으로 간호하신 것도 잘 알고 있었고, 돌아가신 후에는 누구보다 슬퍼하고 눈물을 많이 흘리신 것도 잘 알고 있었다. 하지만 나는 그런 사실을 받아들일 수 없었다. 아니, 받아들이기 싫었던 것 같다. 나는 내가 가장 슬픈 사람이어야 했고, 그래야만 한다고 생각했다. 엄마는 나보다 덜 슬퍼한다고 생각했다. 나는 아빠를 잃었다는 것을 받아들일 수 없었고, 아빠가 돌아가신 것이 원망스러웠고, 원망을 풀어야 할 대상이 필요했다. 나는 엄마를 미워했다. 내가 초등학교 5학년 때의 일이었다. 그때 우리 집은 정말 가난했다. 아빠의 긴 투병 생활로 인해 생활이 어려워졌다. 엄마는 회사를 다니기 시작했다. 어쩔 수 없는 상황이라는 것을 알고 있으면서도, 아픈 아빠를 놓아두고 밖으로 다니는 것도 싫었다. 치기 어린 어리광이었다.

우리는 연화봉을 향했다. 열린 길을 따라 구름도 따라왔다. 바람 불자 구름이 몰려왔다. 구름은 비를 머금고 있었다. 여린 빗방울들이 얼굴에 부딪쳤다.

ⓒ최창남

연화봉에 올랐다.

"연꽃은 부처님의 상징이지. 연꽃은 진흙이 깊으면 깊을수록 더욱 함초롬히 꽃을 피우는 꽃이야. 더러운 곳에서 피어나지만 그 더러움에 물들지 않고 항상 맑고 정갈한 자태를 지키는 꽃이지. 그래서 부처님을 상징하는 꽃이 된 거야. 탐욕 가득한 이 세상에서 진리의 꽃을 피운다는 의미라고 할 수 있지. 그뿐 아니야. 물속에 떨어진 연꽃씨는 오랜 세월 지나도 썩지 않고 그대로 있다가 인연이 닿으면 언젠가는 반드시 움터 꽃을 피운다고 하더구나. 이처럼 우리 마음속에 있는 부처의 심성도 아무리 힘들고 어렵더라도 썩지 않고 그대로 있다가 인연이 닿으면 부처로 꽃 피울 수 있다는 것이다. 연꽃은 그런 꽃이야. 그러기에 부처님을 상징하는 꽃이 된 것이지."

나는 삼촌의 이야기를 한 귀로 듣고 한 귀로 흘려보내고 있었다. 나는 꽃을 바라보았다. 여린 붓꽃이었다. 보랏빛 여린 붓꽃 바람에 쓰러질 듯 흔들리고 있었다. 쓰러지지 않고 잘 살 수 있기를 기도했다.

제1연화봉을 향했다. 부드러운 능선을 따라 아고산지대*가 끝없

---

*바람이 많고 기온의 변화가 큰 높은 산에서는 키 큰 나무들이 살아갈 수 없다. 키 작은 나무들만이 근근이 몸을 의지할 수 있을 뿐, 야생화와 풀들만이 활기찬 삶을 살아갈 수 있다. 해발 1300~1900미터 사이를 아고산지대라 하고, 그 이상의 높은 지대를 고산지대라고 한다. 소백산(1439m)은 아고산지대에 속한다.

이 이어져 있었다. 초원이었다. 그 가운데로 나무계단 촘촘히 길을 이어가고 있었다. 계단은 하늘을 향해 나 있었다. 제1연화봉으로 가는 것이 아니라 하늘을 오르는 것 같았다. 바람 세차게 불어왔다. 빗줄기가 조금씩 굵어졌다. 구름은 빠르게 능선을 넘고 있었다. 초지를 넘어오는 구름을 바라보았다. 장엄했다. 아름다웠다. 장엄한 아름다움이 눈앞에 펼쳐져 있었다.

나는 발걸음을 멈추고 그 자리에 서서 그 장엄한 아름다움을 지켜보았다. 그 말로 할 수 없는 황홀한 아름다움을 바라보았다. 나는 산줄기에 깃들고, 산 이름에 깃든 많은 이야기를 들었지만 그것은 아무래도 좋았다. 이 황홀한 아름다움 속에 있었던 것만으로도 이미 충분히 용서받을 수 있을 것 같았다. 구원받을 수 있을 것 같았다.

사람을 살리는 산
비로의 세계에 들어가다

다른 산들처럼 내세울 만한 큰 나무나 기암괴석 하나 없었지만, 소백산의 부드러운 능선은 장엄하고 아름다웠다. 이 세상에는 없는 다른 세계에 들어온 것만 같았다. 아고산지대가 만들어놓은 별천지였다.

소백산의 지층을 구성하는 대부분의 화강암과 편마암은 오랫동안 수평침식 과정을 거치며 비슷한 표고를 가지고 있는 능선자락과 해발고도 1300미터 이상의 지대에 평탄한 지형을 형성했다. 아고산지대는 아한대 기후 특성을 지니고 있다. 비나 눈이 자주 내리고 세찬 바람이 자주 분다. 기후의 영향으로 키 큰 나무는 잘 자라지 못하고 바람과 추위를 잘 견디는 양생식물들이 자연과 균형을 이루며 살게 되었다. 낮은 기온과 물이 잘 빠지는 토양은 초본류가 잘 번식할 수 있게 만들어주었다. 또한 그렇게 형성된 초지는 야생화가 만발할 수 있는 최적의 조건을 갖추게 되었다.

능선을 넘는 세찬 바람들을 피해 나무들은 모두 물러나고 야생화 만발하고 풀들 무성했다. 그 모습은 마치 산이 가진 모든 것을 내어 놓고 물러서 있는 것만 같았다. 이것이야말로 자신을 비운 자연의 아름다움이라는 생각이 절로 들었다.

비로봉을 향했다. 초지 사이로 놓인 나무계단 곁에 주목 군락지*가 있었다. 수령 500년 된 3400여 그루의 나무들이 군락을 이루고

---

*주목 군락지는 천연기념물 제244호로 지정되어 있다. 주목은 생장 속도가 느리기 때문에 느리게 자라고 서서히 죽는다. 죽은 후에도 재질이 단단하여 쉽게 쓰러지지 않고 오랜 시간 꼿꼿하게 서 있는 것으로 알려져 있다. '살아 천 년, 죽어 천 년'을 산다고 한다.

있었다. 마침내 비로봉이었다. 저수령에서 고개 숙이고 겸허한 마음으로 산길로 접어들어 촛대봉 지나고 묘적봉, 도솔봉 지나 연화봉에 올라 꽃을 피우면 부처를 만나게 된다는 바로 그 비로봉이었다. 비로는 부처의 진신을 의미한다. 우리나라에는 비로봉이라는 이름을 가진 봉우리가 많다. 오랜 세월과 불교와 맺어온 인연 때문일 것이다. 주로 큰 산의 가장 높은 봉우리들이 이 이름을 지니고 있다. 금강산 비로봉(1638m), 오대산 비로봉(1563m), 치악산 비로봉(1288m), 속리산 비로봉(1057m)과 소백산의 비로봉이다. 모두 부처의 산이다. 부처의 법을 드러내어 사방팔방으로 온누리에 퍼지게 하는 산이다. 그렇기에 이름이 '비로'일 수밖에 없는 것이다. 진리의 빛을 막힘없이 온 세상에 퍼지게 하는 산이니 말이다.

비로봉에 바람 세찼다. 사시사철 낮과 밤을 가리지 않고 불어오는 그 매섭고 세찬 바람을 피해 나무들은 모두 봉우리 아래로 내려가고 비로봉에는 바람만 머물고 있었다. 여기저기 자라난 풀들과 야생화들 바람에 흔들리고 있었다.

"저기 보이는 산이 국망봉이야. 동북 방향이야. 지리산에서부터 북으로 올라오던 백두대간이 동쪽으로 굽어져 흐르고 있거든. 태백산까지 그렇게 흐르다가 태백산에서부터 다시 힘차게 북진을 한단다. 어쨌든 저 산이 국망봉이야. 월악산에서도 만났던 마의태자를

© 최창남

다시 만나게 되는 곳이지. 금강산으로 들어가던 마의태자가 저 봉우리에 올라 경주를 바라보며 울었다고 전해지고 있단다. 그래서 저 봉우리의 이름이 국망봉(國望峰)이 된 거야. 직역하면 '나라를 바라본 봉우리'가 되지. 국망봉 지나면 상월봉이고 늦은맥이재로 이어져. 그 이후로 백두대간 줄기는 고치령, 마구령, 선달산으로 이어지는 거야. 지나온 길 돌아보면 연화봉, 도솔봉, 묘적봉이 그림처럼 펼쳐져 있고. 정말 멋있지? 이런 절경을 보는 즐거움 때문에 산을 다니기도 하지. 그뿐인가. 산은 맑은 공기와 숲이 지닌 생명의 기운으로 사람들의 병든 몸도 살리고, 지친 마음도 살리지. 그중에서도 소백산은 '사람을 살리는 산'으로 유명하단다. 조선시대의 유명한 풍수학자 남사고가 이 산을 보고 '사람을 살리는 산'이라며 말에서 내려 절을 했다는 일화가 전해지고 있지."

"사람을 살리는 산인 소백산에 들어와 있으니 우리도 새로워질 수 있을까?"

삼촌은 웃으며 말했다.

"철수야, 우리 나쁜 버릇 하나씩 고치기로 할까? 사람을 살리는 산에 들어왔는데, 우리가 죽었다 살지는 못해도 나쁜 버릇 한두 가지는 고쳐야 그럴듯한 게 아닐까?"

"그거 그럴듯한 이야기네."

우리는 마주하고 캑캑거리며 웃었다.

나는 소백산의 아름다움에 완전히 압도되어 있었다. 나무가 모두 물러나 텅 비어버린 숲은 천상의 세계라는 말 외에는 표현할 말이 없었다. 나는 소백을 지나고 나서야 지난번 월악산 영봉에서 삼촌이 한 말들이 무슨 말인지 온전히 이해할 수 있었다. 왜 산을 다니냐는 질문에 삼촌은 이렇게 답했다.

자연이 파괴되면
사람의 영혼도 파괴됩니다
마음이 무너지고
몸이 부서집니다

이렇게 모든 것이 무너져내리면
사랑하는 모든 것뿐 아니라
사랑하는 이들,
나 자신조차도 지킬 수 없게 됩니다

자연을 지키는 일은
내 영혼을 정화하고
내 마음을 맑게 하고
내 몸을 지키는 일입니다

내가 사랑하는 이들을 지키는 일입니다

이것이 내가
자연의 일부로 살아가려는 이유입니다
산길 걸으며
숲을 닮아가려는 이유입니다.

비로봉을 내려섰다.

세찬 바람 불어와 등을 떠밀었다.

숲 사이로 난 길로 접어들며 나는 삼촌과 함께 산길을 걷게 된 데에 대해 감사해했다.

어느새 조금 굵어지던 빗줄기 그치고 나뭇가지마다 햇살 부서져 내리고 있었다.

노을은 아직 멀리 있었다.

모데미풀 *Megaleranthis saniculifolia*

한국특산식물

| 사는 곳 | 높은 산 계곡의 습기가 많은 숲속

| 생김새 특징 | 여러해살이풀로 줄기에는 잎이 나지 않고, 꽃은 흰색으로 잎처럼 생긴 포(苞) 위에 한 송이씩 핀다.

| 특이사항 | 소백산국립공원 고지대에 우리나라에서 가장 많은 개체가 자생한다.

참갈겨니 _Megaleranthis saniculifolia_

| 사는 곳 | 임진강, 한강, 금강, 만경강 등 서해 유입 하천과 낙동강 및 동해 유입 하천

| 생김새 특징 | 머리는 비교적 큰 편이다. 산란기가 되면 수컷의 몸 옆면은 노란색, 배 쪽은 주황색을 띠며, 입 주변에는 추성이라는 딱딱한 돌기가 생긴다. 등지느러미 윗부분이 흰색 또는 노란색이어서 붉은색인 갈겨니와 구분된다.

| 생태적 특징 | 2004년까지는 갈겨니로 알려졌으나, 2005년에 참갈겨니로 새롭게 이름이 붙었다. 하천 중상류의 물 흐름이 비교적 완만한 곳에 서식한다.

| 먹이 | 물속 곤충, 물 위에 떨어진 곤충, 바닥이나 돌에 붙어 있는 조류

소백산국립공원의 프로그램

| 자연과 역사가 함께하는 소백산 체험 여행 |

문화재청이 지정한 명승 제30호 죽령옛길, 화엄종의 본찰 부석사, 최초의 사액서원 소수서원 등 청정 자연경관과 유불문화유적이 산재해 있는 소백산국립공원의 자연 · 역사문화자원을 느끼고 체험할 수 있는 폭넓은 체험 기회를 제공한다.

| 꿈에서도 보이는 천혜의 골짜기 희방계곡 |

희방계곡을 중심으로 조성된 희방 자연관찰로의 테마별 체험 공간을 활용하여 자라나는 미래세대들이 자연과 국립공원을 친근한 이미지로 받아들이게 하고, 저탄소 녹색성장의 중요성을 인식할 수 있는 기회를 제공한다.

| 한드미야, 놀자! |

대자연의 품안에 넉넉한 인심이 담긴 소백산 자락의 한드미 농촌체험마을에서 다양한 농촌체험을 즐기고, 소백산국립공원의 아름다운 자연자원을 더불어 느낄 수 있는 '팜스테이' 체험 프로그램이다.

| 천연림과 함께하는 남천계곡 |

숲과 계곡이 함께 있는 남천 자연관찰로를 탐방한다. 숲에 사는 생물과 수서생물 간의 연결고리를 찾아가며, 자연에는 어느 것 하나 소중하지 않은 게 없다는 것을 깨우치고 국립공원의 중요성과 자연보호 의식을 심어준다.

양백지간에 대하여

비로봉에서 백두대간 길을 북으로 이어가면 상월봉 지나 고치령(古峙嶺, 770m)이다. 고치령은 소백산 줄기와 태백산 줄기를 이어주는 고개이며 양백지간(兩白之間)의 머리이다. 양백지간이란 소백산과 태백산 사이, '지혜를 품고 있는 두 개의 산 사이 지역'을 말한다. 지역적으로 보면 강원 영월, 충북 단양, 그리고 경북 영주·봉화가 이 지역에 해당된다. 양백지간은 큰 난리를 피할 수 있는 십승지의 대명사로 여겨져 왔으며, 또한 인재가 많이 나온 곳이다. '인재는 소백과 태백 사이에서 구하라'는 말이 생겨날 정도였으니 얼마나 인재가 많이 나왔는지 쉽게 짐작할 수 있다.

고치령에는 소백지장(小白地將)과 태백천장(太白天將)이 여러 장승들을 거느리고 서 있다. 하늘(태백천장)과 땅(소백지장)을 품고 있는 땅인 것이다. 그러니 인재가 많이 나오는 것은 당연한 일이라 할 수 있다.

고치령은 마구령, 죽령과 함께 소백산을 넘는 세 개의 고갯길 중 하나였다. 그러나 양남지방에서 서울로 들어가는 관문 역할을 했던 죽령과 달리 장돌뱅이나 인근 주민들이 넘나들던 소박한 고개, 가난한 백성들의 땀과 바람과 눈물과 한숨과 아픔이 묻어 있는 고개이다.

백성들의 슬픈 이야기만 서려 있는 것이 아니다. 단종과 금성대군, 그리고 그들을 따르던 많은 이들의 죽음을 지켜본 슬픈 고개이기도 하다. 이 고갯길은 영월과 순흥을 잇는 가장 가까운 길이었다. 영월에는 단종이 유배되어 있었고, 순흥에는 수양대군에 저항하던 금성대군이 유배되어 있었다. 그들을 고치령을 오고가며 연락을 주고받았다. 하지만 복위운동을 준비하던 중 거사가 발각되어 모두 죽음을 당했다. 단종과 금성대군뿐 아니라 고갯길을 넘나들던 이들 모두 죽음을 당한 것이다. 그것을 아파하여 백성들은 지금도 고치령에 산신각을 세우고 단종을 태백산의 산신으로, 금성대군을 소백산의 산신으로 모시고 있다.

최초의 사액서원, 소수서원

소수서원(紹修書院)은 경상북도 영주시 순흥면 내죽리에 있는 최초의 사액서원(賜額書院)이다. 조선조 중종 38년인 1543년 풍기군수 주세붕이 세운 백운동서원이 바로 소수서원이다. 건립 당시에는 백운동서원이었으나, 후일 퇴계 이황이 풍기군수로 와 서원을 널리 알리고 권장하기 위해 조정에서 사액과 전토를 주도록 건의했다. 이에 명종은 1550년(명종 5년) 백운동서원에 '소수서원'이라고 친필로 쓴 편액글씨를 하사했다. 이로써 소수서원은 사액서원이 되었다. 사액서원이란 편액을 하사받은 서원으로, 나라로부터 학문에만 전념할 수 있도록 서적과 함께 학전(學田)이라 불리던 밭과 노비 등도 하사받고 면세와 면역의 특권을 누리던 서원을 말한다. 소수서원은 한국 최초의 서원인 동시에 사액서원의 시초이기도 하다.

제6장
오대산국립공원
⋮

다섯 개의
연꽃 봉우리를 걷다

"

그것은 단지 나무가 아니고,
나뭇잎이 아니고, 숲이 아니었다.
생명이었다.
모든 생명을 살리고 있는
생명의 뿌리였다.

"

숲을
만나다

　울울창창한 숲은 깊고 아득했다. 나무와 나무가 얽혀들고 가지와
가지가 몸 부비는 숲은 비밀스러운 수많은 이야기들을 담고 있는 것
같았다. 태풍에 쓰러지고 세월을 못 이겨 쓰러진 나무들에는 이끼류
가 달라붙어 숲은 원시림 같았다. 썩어 흙으로 돌아가는 나무들도
있고, 그 위에 새롭게 자라는 어린 나무들도 있었다. 죽음이 삶을 잉
태하듯 죽은 나무들은 새로운 생명들을 키워내고 있었다. 신비로운
기운 가득했다. 숲 사이로 난 길을 나무들이 가려 앞이 보이지 않았
다. 오랜 세월 품고 있는 신갈나무는 장해 보이고, 물푸레나무는 힘
차 보였다. 껍질이 벗겨질 듯 일어난 거제수나무는 신비로웠고, 싸
리나무는 다정해 보였다. 바람 불어올 때마다 나뭇잎 흔들리는 소리
가 들려왔다. 신갈나무 잎은 펄럭이고 물푸레나무 잎은 살랑이는 듯

했으며, 거제수나무 잎은 나풀거리고 싸리나무 잎은 조잘대는 것 같았다. 조릿대는 수런대는 것 같았다. 바람에 따라 수많은 소리들 일렁이며 숲을 채우고 있었다.

"멋지지?"

삼촌이 돌아보며 말했다.

"응, 우리 다닌 산 중에서 가장 멋진 숲이야. 신비로움 가득한 원시림에 들어온 것 같아. 금방 무슨 일이 일어날 것 같은 긴장감과 설렘이 있어."

"그럴 거야. 여러 번 온 나도 그러니, 처음인 너는 더욱 그렇겠지. 오대산의 숲은 깊지. 오랜 세월 사람의 간섭이 없었기 때문에 어느 정도 원시림의 모습을 지니고 있거든."

우리는 숲길 곁 풀밭에 앉았다.

햇살 뜨거웠지만 숲은 햇살 깃들지 않아 선선했다.

몇 분 지나지 않아 땀 식고 몸은 시원해졌다.

간식을 꺼내 먹다 삼촌이 말을 건넸다.

"전 세계가 온난화로 몸살을 앓고 있다는 것은 알고 있지?"

나는 먹고 난 귤껍질을 쓰레기봉지에 담으며 고개를 끄덕였다.

"사람들은 대체로 산에 가면 숲이 있으니 숲의 소중함을 잊고 지내지. 공기가 늘 있으니 공기의 소중함을 잊고 지내는 것처럼 말이야. 삼촌 어렸을 때만 해도 물을 사 먹지는 않았는데 요즘은 다 물을 사 먹잖아. 사 먹는 것이 당연하잖아. 그만큼 자연이 오염되었다는 거지. 신선한 공기를 캔에 넣어 파는 상품이 나와 팔리기 시작한 지도 오래되었지. 아직은 대중적으로 많이 알려지지는 않았지만. 그만큼 자연이 오염된 거야. 이런 문제를 해결하는 가장 좋은 길은 숲을 잘 가꾸고 지키는 거야. 숲은 이 땅 모든 생명의 근원이라고 할 수 있어. 동시에 모든 생명의 근원인 숲은 모든 생명을 사라지게 하는 열쇠도 쥐고 있다고 할 수 있지. 쉽게 말하면 살고 죽는 것이 다 숲에 달렸단 말이야. 그런데 온난화가 왜 일어나는지 알고 있어?"

"뭐…… 석탄, 석유 같은 화석연료를 많이 써서 그런 것이라는 정도는 알고 있어. 자동차를 안 타거나 덜 타야 된다는 것, 발전도 태양광 같은 자연에너지를 사용해야 한다는 것도 알고 있지. 학교에서 배우기도 했고……. 그 정도야 상식이지……."

나는 얼굴 가득 웃음을 띠며 말했다. 자신 충만 득의만만이었다.

"오, 제법인데? 그래, 화석연료 때문이지. 그런데 화석연료를 많이 쓰면 대기 중에 많이 생기는 게 뭐냐면, 이산화탄소야. 이 이산화탄소가 온난화의 주범이야. 나무들은 공기 중에 있는 이산화탄소를 먹고 자신에게 필요한 포도당을 만들어내거든. 그러니까 오래된 나무들은 그 몸 안에 이산화탄소를 많이 가지고 있는 것이지. 석탄이나 석유 같은 화석연료는 사실 나무가 변한 거야. 수십만, 수백만, 수억 년 동안 땅에 묻혀 있던 나무들이 변해 석탄이 되고, 석유가 된 것이지. 그러니까 화석연료를 쓰는 건 나무가 공기 중에서 백 년, 천 년, 수만 년, 수억 년 동안 받아들여 품고 있던 이산화탄소를 한꺼번에 다 쏟아내는 일이야. 그러니 온난화가 급속하게 진행되는 것은 당연한 일이지. 그렇기 때문에 사람들은 인류의 생존, 아니 거창하게 인류까지 갈 것도 없고 당장 우리 자신의 생존을 위해, 생활의 질을 담보하기 위해 반드시 나무를 지켜야 하는 거야. 숲을 지켜야 하는 것이지. 그런데 당장 돈 좀 더 벌겠다고 숲을 마구 베어내고 있으니 이것은 자살 행위일 뿐 아니라 살인 행위라고도 할 수 있는 일이야. 어떤 자료를 보니, 세계적으로 볼 때 매년 우리나라, 남한 면적의 1.6배에 달하는 1600만 헥타르의 숲이 파괴되고 있다더구나. 한때는 지표면의 50퍼센트 이상이 숲이었는데, 지금은 30퍼센트 정도밖에 안 된다고 하고."

"일 년에 우리나라 땅보다 훨씬 큰 숲이 없어진다는 거잖아?"

"그렇지. 정말 놀랍지? 숲을 보존해야 한다는 것은 온난화를 막기 위해서만은 아니야. 물론 밀접한 관련이 있지만. 나무가 자신에게 필요한 포도당을 만들기 위해 대기 중에 있는 이산화탄소를 먹는다고 했지? 그 일을 하는 것이 바로 나뭇잎이야. 나뭇잎이 광합성 등 자신의 역할을 수행하기 위해서는 물과 탄소가 필요하거든. 물은 알다시피 뿌리를 통해 땅에서 얻는 것이고, 탄소는 바로 대기 중에 있는 이산화탄소를 통해 얻지. 나뭇잎을 자세히 들여다보면 무수히 많은 구멍들이 있는 것을 볼 수 있어. 그 구멍들을 통해 이산화탄소를 흡수하는 것이야. 그리고 물과 이산화탄소라는 재료를 가지고 일을 하는 것이지. 쉽게 말하면 공장을 돌리는 거야. 그런데 우리가 공장을 돌리기 위해서는 전기라는 에너지가 필요하듯이, 나무에게도 에너지가 필요하지. 물론 전기는 아니야. 뭔지 알겠어?"

"햇빛이 있어야 광합성을 하니까, 햇빛이겠지……."

"오늘 똑소리 나는데……. 그래, 빛에너지가 필요하지. 이것을 우리가 광합성 또는 탄소동화작용이라고 하는 거야. 이 과정을 통해 나뭇잎은 자신에게 필요한 포도당을 생산해내는 것이지. 그리고 그 과정에서 자신에게는 불필요한 가스를 외부로 배출하지. 그 가스가 바로 무엇이냐?"

삼촌은 '바로 무엇이냐?'라고 말할 때 양팔을 크게 벌리며 얼굴을 내게 확 디밀었다. 삼촌은 나이에 걸맞지 않게 가끔 귀염을 떨지만 하나도 귀엽지 않다. 물론 재미도 없다.

"왜 그래? 재미 하나도 없네……. 하던 이야기나 마저 해. 그 이야기가 훨씬 재미있구만."

"재미없냐?"

삼촌은 멋쩍은 표정으로 말을 이었다.

"나무에게 불필요한 가스가 바로 무엇이냐? 사람에게는 반드시 필요한 산소이지. 그러니까 식물의 부산물을 먹고 동물들과 인간들

이 살아가는 것이지. 다른 말로 하면 나무의 방귀나 똥을 먹고 사람이 살아간다는 이야기야. 어때, 놀랍지?"

나무들이 산소를 만들어낸다는 사실을 몰랐던 것은 아니지만 삼촌에게 듣다 보니 하나하나가 모두 새로운 이야기처럼 느껴졌다. 처음 듣는 이야기 같았다.

"그러니까 나무들은 사람이 없어도 살 수 있지만, 사람은 나무들 없이는 살 수 없는 거구나."

"오, 철수씨~! 오늘 정말 똑소리 납니다!"

삼촌은 뭐가 신나는지 금방 장난기 어린 목소리가 되어 있었다.

"정말 그렇지. 그러니까 숲을 보존해야 하는 거야. 숲을 없애는 것은 살인 행위나 다름없다는 말이야."

우리는 숲이 내어준 길로 들어갔다. 숲은 참으로 싱그러웠다. 생명력으로 가득 차 출렁이고 있는 듯했다. 몇 차례 국립공원을 지나는 동안 늘 걸었던 숲길이었지만, 오늘 아침에 만난 이 숲길은 분명 다른 숲길이었다. 숲길 지나고 머무는 동안 늘 보아왔던 나무들이고 나뭇잎들이었지만, 오늘 아침 만난 이 나무들, 나뭇잎들은 분명 다른 나무들이었고 다른 나뭇잎들이었다. 그것은 단지 나무가 아니고, 나뭇잎이 아니고, 숲이 아니었다. 생명이었다. 모든 생명을 살리고 있는 생명의 뿌리였다.

바람 불어왔다. 나뭇잎 흔들리자 나뭇잎 사이로 햇살 들어왔다. 햇살 받은 나뭇잎들 바람에 흔들리며 반짝였다. 나뭇잎 한 장 한 장이 모두 살아 있는 듯했다. 그렇게 흔들리며 말을 건네고 있는 것 같았다. 가슴 깊이 꼭꼭 묻어두었던 제 마음속 이야기들을 꺼내놓는 것 같기도 하고, 내 마음속 깊이 묻혀 있는 이야기들을 꺼내놓으라고 재촉하는 것도 같았다. 나는 나무들의 이야기를 듣고 나무는 내 이야기를 듣는 것 같았다. 나뭇잎들은 내 마음을 어루만지고 나는 나뭇잎들의 마음을 느끼고 있는 것 같았다. 대화하는 것 같았다.

그렇게 얼마나 지났을까.

삼촌의 목소리가 들려왔다.

"너무 오래 있었다. 조금 서둘러 걷자."

그 숲이 내어준 길을 따라 들어갔다.

숲은 깊어 마음속을 들여다보는 듯했다.

오대산국립공원의 백두대간 구간은 대관령 지난 매봉에서부터 소황병산, 노인봉, 진고개, 동대산, 신선목이, 두로봉, 신배령 지나 1210봉까지 이어져 있지만, 구간 대부분이 비개방 구간이었다.

우리는 다른 코스를 택했다. 상원사에서 산행을 시작하여 비로봉에 올랐다가 상왕봉 거쳐 백두대간 마루금 지나는 두로봉까지 갈 계획이었다. 서둘러 아침식사를 하고 산행을 시작했지만 제법 시간이 흘러 있었다.

적멸보궁 지나니 비로봉이 눈앞이었다.

오대산을 만나다

오대산은 1975년, 열한 번째로 국립공원으로 지정되었다. 오대산이라는 이름은 신라시대 지장율사가 지었다고 전해진다. 지장율사는 당나라 유학 당시 산서성 청량산에서 공부하였는데, 청량산의 또다른 이름이 오대산이다. 귀국하여 전국을 순례하던 지장율사는 백두대간에 자리한 이 산을 보고 오대산이라고 이름 지었다. 오대(五臺)는 비로봉(毘盧峰, 1563m), 호령봉(虎嶺峰, 1560m), 상왕봉(象王峰, 1493m), 두로봉(頭爐峰, 1421m), 동대산(東臺山, 1433m) 등 다섯 봉우리를 말하는 것이다. 제1봉은 비로봉이다. 비로란 비로자나불을 의미한다. 부처의 진신(眞身)이다. 연화장세계(蓮華藏世界)[*]에 살면서 그의 몸은 법계(法界)에 두루 차서 큰 광명을 내비추어 중생을

---

[*] 연화장세계란 연꽃에서 태어난 세계, 또는 연꽃 속에 담겨 있는 세계라는 뜻으로 불교에서 그리는 세계를 의미한다. 그 모습은 교파와 종파에 따라 다소 다르다고 한다.

제도하는 부처이다. 그러니 비로봉은 부처의 산이다. 문수보살이 일만의 권속을 거느리고 살고 있는 부처의 땅이며, 부처의 법을 온누리에 비추는 산이다. 그런 까닭이었을까. 오대산은 주봉인 비로봉을 비롯해서 다섯 개의 연봉이 연꽃처럼 피어오른 것과 같은 모양이라고 한다. 오대산은 산 자체가 신앙이고, 부처를 중심에 모신 불교신앙의 성지이다.

오대산이라는 이름을 지은 지장율사의 흔적이 오대산에 많이 남아 있는 것은 너무나도 당연한 일이다. 지장율사가 당나라에 있을 때 문수보살을 만나 부처님의 머리뼈 한 조각을 받았다고 한다. 그 뼛조각이 비로봉 동쪽 아래에 모셔져 적멸보궁*이 되었다. 그리고 당시 지장율사가 작은 집을 지었는데, 그 터가 바로 월정사가 들어선 곳이라고 한다.

비로봉에 올랐다. 사방이 열려 있어 거침이 없었다. 끝없이 늘어선 첩첩한 산줄기 위로 흰 구름 떠 있었다. 햇살 눈부셨다.

"오대산의 최고봉인 비로봉은 백두대간 마루금으로부터 6킬로미터나 서쪽으로 벗어나 있지. 하지만 오대산은 산세가 워낙 장중하고

---

* 우리나라에는 5대 적멸보궁이 있다. 영축산 통도사, 태백산 정암사, 사자산 법흥사, 설악산 봉정암, 오대산 중대 사자암 가까이에 있는 적멸보궁이다. 적멸보궁은 부처님의 진신사리를 모시기 때문에 불상을 따로 모시지 않는다. 그러니 적멸보궁을 살펴보다 불상이 없다고 의아해할 것이 없다.

큰 산이기 때문에 백두대간의 산으로 생각했지. 백두대간 마루금이 오대산을 지나기도 하고 말이야. 오늘 우리의 최종 목적지가 어디라고 했지?"

"두로봉!"

"그렇지. 백두대간 마루금이 지나는 봉우리이지. 그 두로봉에서 상왕봉, 비로봉, 효령봉으로 이어지는 서쪽으로 뻗은 산줄기는 계속 이어져, 어디까지 가냐면, 북한강과 남한강을 가르며 흐르다가 두 강이 다시 만나는 두물머리까지 이어지는 거야. 두물머리가 어딘지는 아냐?"

나는 고개를 가로저었다.

"경기도 양평군에 있는 양수리라는 곳이야. 서울 근교지. 아주 가까운 곳이야. 그러니까 두로봉에서 뻗은 산줄기가 북한강과 남한강을 품어 흐르게 하였다는 거야. 그 두 강이 두물머리에서 다시 만나 한강으로 흘러들고. 그러니 매우 중요한 산줄기라고 할 수 있지. 중요하게 생각하는 사람들이 별로 없는 것 같지만 말이야. 어쨌든 그런 이유로 예전에는 한강의 발원지가 오대산이라고 여겼지. 효령봉 아래에서 솟아나는 우통수(于筒水)를 한강의 발원지라고 생각했어. 물론 지금은 한강의 발원지가 이곳이 아니라는 사실이 밝혀졌지. 조사 결과 태백의 금대봉(1418m) 자락에 있는 검룡소가 한강의 발원지가 되었어. 검룡소에는 많이 솟을 때에는 하루에 5000여 톤의 지하수가 용출된다고 하더구나. 물론 늘 그런 것은 아니겠지."

"태백산 검룡소라는 곳에 나중에 한번 가 보고 싶어."

나는 내가 사는 서울의 한복판을 흐르는 거대한 물줄기 한강의 발원지를 눈으로 보고 싶었다. 지하에서 물이 솟구치는 장면을 보고 싶었다. 그 물줄기 흐르고 흘러 한강이 되어 흐르고 있는 것이다.

"이제 산 다니는 것에 어느 정도 재미 들렸나 보네? 처음에 산에 가자고 할 때는 좀 망설이더니……."

"그때는 그때고……. 잘 몰랐으니까. 지금은 산이 좋아졌어. 산에 들어오면 마음이 편해져. 뭐랄까. 내 마음이 인식을 얻는다고 할까……. 하여튼 우울했던 감정이나 힘들었던 마음들이 산길 걷다 보면 어느새 사라져. 꼭 잊으려고 한 것도 아닌데 말이야. 산에 올 때마다 그랬지. 그러다 보니 산하고 좀 친해졌지. 고맙기도 하고."

"그래, 나중에 가자꾸나. 뭐 어려운 것도 아닌데. 거기는 산행도 어렵지 않으니 엄마하고 함께 가자. 어때? 싫어? 괜찮지?"

"엄마가 산에 오시려고 할까?"

"그럼, 너하고 함께 가는데 왜 안 가신다고 하겠니? 말씀만 드리면 분명히 간다 하실 거야. 네가 말씀드려."

나는 고개를 끄덕였다.

"오대산은 말이야. 크게 오대산 지구와 소금강 지구로 나뉘어. 비로봉, 효령봉, 상왕봉, 두로봉, 동대산 등의 다섯 봉우리를 중심으로 한 지역이 오대산 지구이고, 노인봉과 소금강계곡이 있는 지역이 소금강 지구야. 굳이 구분하여 말하자면 오대산 지구는 신앙의 세계라 할 수 있고, 소금강 지구는 사람들이 살아가는 지역이라 할 수 있지. 소금강 지구는 매우 아름답단다. 소금강의 옛 이름은 청학산(靑鶴山)이야. '청학'이란 십장생의 '학'에다가 젊음과 희망의 상징인 '청'을 더하여 만든 상상의 새지. 실제로 그런 새는 없어. 상상의 새가 머물고 있는 곳이야. 그러니 청학산이란 이 세상에는 존재하지 않는 이상향의 세계를 말하는 거야. 굶주림도 없고, 재난도 없고, 전쟁도 없는 이상향 말이야. 그러니 얼마나 아름답겠니? 정말 아름다운 곳이지. 자, 이제 또 걸어 보자. 아직 한참 가야 하니까."

"가 봐야 할 곳이 자꾸 생기네. 소금강계곡도 가 보고 싶네."

"그래, 가 보고 싶은 곳은 어디든 다 가 보면 되지. 한 곳 한 곳 가 보자꾸나."

상왕봉을 향했다. 우리는 백두대간 마루금 지나는 두로봉에 올랐다가 신선목이까지 마루금을 타고 내려와 신선골로 내려갈 예정이었다.

햇살은 점점 뜨거워지고 있었다.

자연과
사람의 조화

두로봉에는 햇살만 머물고 있었다. 고요했으나 고요마저도 눈부셨다. 주위로 숲 우거져 조망이 활달하지는 않았다. 우리는 두로봉 곁 헬기장 한쪽 나무 그늘을 찾았다. 그늘로 들어가자 금방 시원해지는 듯했다.

"오대산은 아침에 숲에서 이야기 나누었듯이 사람들의 간섭이 적어 숲이 잘 보존된 편이야. 그렇다고 해서 동물의 서식 환경이 꼭 좋은 것만은 아니다. 사향노루, 곰, 하늘다람쥐 같은 멸종위기종들이 예전에는 살았으나 지금은 곰이나 사향노루 등은 거의 멸종 위기에 몰렸다고 봐야 해. 아직 흔적은 발견된다고 하지만 본 사람이 없으니 알 수 없는 일이고. 수달과 산양 등이 서식하고 있는 것으로 알려져 있는데, 특히 산양은 상당히 많은 수가 살고 있다고 하더구나."

"산양이 그렇게 많으면 운 좋으면 볼 수도 있겠네."

"하하하. 그럴 가능성은 거의 없어. 산양은 이런 능선 길에 살지 않아. 가파른 절벽길로 다니지. 그러니 사람을 만날 일이 없어. 움직이는 시간대도 다르고 말이야."

"그래? 좀, 아쉽네. 할 수 없지……. 그건 그렇고, 우리 온 길로 내려가지 않고 다른 길로 간다고 했지?"

"그래, 오대산을 지나는 백두대간 마루금 중에서 비개방 구간이 아닌 곳은 이곳 두로봉에서 신선목이까지야. 우리는 신선목이로 가서 신선골이라는 곳으로 내려갈 작정이다. 온 것보다는 짧지만 그래도 한참 가야 해. 왜?"

"왜 이렇게 못 가게 해놓은 데가 많은 거야?"

"그거야…… 아침에 이야기했듯이, 숲을 보존해야 하기 때문이지. 숲을 보존하는 것은 숲만 살리는 것이 아니라 사람도 살리고 숲에서 사는 동물들 모두를 살리는 것이거든. 사람들이 지나면 아무래도 숲이 훼손되겠지. 안 다니는 것보다야 당연히 조금이라도 훼손되겠지. 비개방 구간을 지정해 사람들이 다니지 못하게 하는 것은 숲을 살리기 위한 것뿐 아니라 동물들의 서식지를 지켜주기 위한 것이기도 해. 우리나라는 작은 나라잖아. 그중에서도 산이 70퍼센트 정도 되고. 그런데 인구는 자꾸 늘어나고 필요한 시설도 많아지니 자꾸 개발을 하는 바람에 동물들은 서식지를 잃게 되는 거야. 살 곳이 없어지는 거지. 그리고 개발을 하고 숲을 베어내야만 서식지를 빼앗기는 것은 아니야. 사람들이 자꾸 지나다니면 동물들이 그곳을 떠나게 돼. 마땅히 갈 곳도 없는데 말이야."

"그러네. 동물들을 위해서라도 비개방 구간은 절대 가서는 안 되겠구나."

"물론이지. 최소한의 노력이기 때문에 반드시 지켜야 하지. 하지만 비개방 구간 제도가 숲을 온전히 지킬 수 있는 충분한 방법은 아니야. 왜냐하면 숲의 훼손, 자연의 파괴는 산에 다니는 사람들에 의해서만 이루어지는 게 아니기 때문이지. 사실 등산 다니는 사람들로 인해 파손되는 것은 극히 일부분일 뿐이고, 자연을 대규모로 파괴하는 것은 정부나 기업이야. 정부나 기업에서 하는 대규모 개발이 자연을 엄청난 규모로 파괴하지. 그것도 매우 빠른 속도로 말이야. 아무리 법적으로는 문제가 없는 합법적인 개발이라고 하더라도 숲을 파괴하는 것이기 때문에 심각한 문제를 초래하게 되지. 미래에 막대한 영향을 안 미칠 수 없지. 미래를 이야기할 것도 없어. 오늘날에도 숲을 파괴한 결과가 드러나는 경우가 허다하니까. 그렇다고 합법적으로 진행되는 개발을 막을 수도 없고 말이야."

"그래도 무슨 방법을 찾아야지. 숲을 파괴되는 것은 살인 행위나 마찬가지라고 했잖아. 지금 당장 우리들 자신뿐 아니라 미래의 후손들을 죽이는 결과를 가져올 거라고 말이야."

"글쎄, 방법이 있다면 대규모 개발을 못 하게 해야지. 하지만 이런 것은 몇 사람이 할 수 있는 일도 아니고 간단한 일도 아니야. 전 사회적으로 합의가 이루어져야 하는 거지. 그런 노력뿐 아니라 산에 다니는 사람들의 의식 수준도 높아져야 해. 왜 자연을 보존해야 하고 숲을 어떻게 지켜야 하는지도 가르치고, 생태계를 파괴하지 않도록 어떻게 산행을 해야 할 것인가도 가르치고, 천연기념물이나 멸종위기종 등에 대해서도 가르쳐서 보존하고 지킬 수 있도록 하고, 불법적인 채취나 사냥도 못 하게 하는 등 여러 가지 노력을 기울여야겠지. 하루아침에 될 일은 아니지. 하지만 반드시 해야 하는 일이야. 어쨌든 내 생각에 가장 중요한 것은 이거야. 자연을 파괴하는 것도 사람이지만 자연을 지키는 것도 사람이라는 거야. 그러니 산을 지키려면, 자연을 지키려면, 반드시 산을 사랑하고 자연을 지키려고 하는 사람들과 함께해야 한다는 거야. 그 사람들과 함께 숲을 지키고, 나무를 지키고, 동물들을 지켜야지. 국립공원관리공단이나 산림청 같은 정부의 관련기관들만으로는 안 된다는 거야. 노력과 의지만으로 되는 것이 아니라 많은 사람들의 노력과 손길이 필요하거든. 철수 네가 아침에 이야기했던 걸 꼭 기억해야 해."

"내가 아침에 뭐라고 했는데?"

"기억 안 나?"

"무슨 말을 했는지 잘 모르겠는데?"

"'자연은 사람이 없어도 살 수 있지만 사람은 자연이 없이는 살 수 없다'고 말했잖아?"

"어, 그랬지."

"바로 그거야. 자연은 사람 없이 살 수 있지만 사람은 자연 없이 살 수 없지. 그러니 자연을 반드시 지켜야지. 그렇다고 자연을 파괴

하는 사람들을 다 없앨 수는 없잖아. '지구를 떠나라, 뿅!' 할 수는 없
잖아? 그런다고 떠나는 것도 아니고. 그러니 자연과 사람이 어떻
게 조화를 이루며 살아갈 것인가에 대해 고민을 해야 하는 거야. 숲
과 사람, 자연과 사람이 어떻게 하면 공존할 수 있을 것인가에 대해
고민해야 한다는 거야. 숲에 대한 연구도 많이 해야 하고. 너한테는
좀 어려운 이야기겠지만 그런저런 이유 때문에 숲에 대한 인문학적
연구가 절실히 필요한 거야. 단지 숲을 어떻게 관리할 것인가 하는
차원을 넘어 숲의 미적 가치, 영적 가치 등을 연구해서 숲이 그저
목재를 생산해내는 공장이 아니라는 것을 모든 사람이 알게 해야 하
는 거야.

숲의 미적 가치, 영적 가치라는 것이 이해하기 어려운 것만은 아
니야. 네가 아까 숲에 들어가면 마음이 편해진다고 했잖아. 우울했
던 감정들도 저절로 사라지고 마음의 안식을 얻는다고 했잖아. 그
런 마음의 변화는 얼마나 가치가 있는 것일까? 단순히 돈으로 환산
할 수 있는 것이 아니야. 사람의 마음의 상처를 치유해주고 회복하
게 해주는 것이니 상상하기 어려울 만큼 가치가 있지. 사회적으로도
그래. 내 생각에, 숲이 없다면 사람들은 우울해지고 분노 지수도 높
아져서, 병도 많아지고 자살율도 높아지고 다툼과 분쟁도 많아질 거
야. 그러면 그것을 해결하기 위해 사회적 비용도 많이 들겠지. 숲은,
자연은 그런 사회적 비용들을 줄여주는 역할도 하고 있는 거지. 모

두 돈으로 환산하기 어려운 숲이 가진 무한한 가치들이야. 하지만 더 많은 재화를 만들어내기 위해 개발을 하려는 사람들은 없어지지 않아. 자본주의 사회에서는 당연한 일이기도 하고. 그러니 그 개발을 적당한 선에서 못 하게 하거나 자연과 조화를 이루는 개발을 하도록 유도하기 위해서라도 숲에 대한 인문학적 연구가 필요한 거야. 아까도 말했지만, 숲은 몇 사람이 지킬 수 있는 것이 아니야. 숲을 지키고자 하는 수많은 사람들의 의지와 정신이 모일 때 가능해지는 거야."

"삼촌, 오늘은 정말 많은 이야기를 나눴네. 많은 생각을 하게 돼."

"철수야, 이것을 명심해야 돼. 가치 있는 것을 지키기 위해서는 많은 대가가 필요하다는 걸 말이야. 가치 있는 것을 지킨다는 건 쉬운 일이 아니거든. 숲을 지키는 것이 참으로 가치 있는 일이라면 그 일을 위해 너도, 나도, 우리 사회도 대가를 지불해야 하는 것이지. 그것은 인생에서도 마찬가지야. 네가 가치 있다고 생각하는 어떤 것을 지키기 위해서는 대가를 지불해야 하는 거야. 네가 무엇을 가장 가치 있게 생각하는지 생각해 보려무나."

신선목이를 향했다. 햇살은 여전히 뜨거웠지만 바람 불어 땀을 식혀주었다.

"이 방향으로 계속 가면 동대산, 진고개, 노인봉, 소황병산, 대관령으로 가게 돼. 반대 방향으로 올라가면 신배령, 만월봉, 응복산,

약수산 지나 구룡령으로 내려서게 되고."

지나온 두로봉 방향으로 돌아보니 한 걸음 한 걸음으로 얼마나 많이 왔는지, 두로봉은 어디쯤인지 보이지도 않았다.

불어온 바람에 나뭇잎 재잘거리는 소리가 듣기 좋았다.

노랑무늬붓꽃 *Iris odaesanensis*

한국특산식물

| 사는 곳 | 강원도, 경상북도 및 북부지방의 높은 산 숲속 또는 풀밭

| 생김새 특징 | 잎은 칼처럼 생겼다. 꽃은 4~6월에 꽃대에서 2개씩 피며, 흰색에 노란 줄무늬가 있다.

| 특이사항 | 오대산에서 처음 발견되어 학명에 오대산(odaesan)이 들어갔다.

오대산국립공원의 깃대종

긴점박이올빼미 *Strix uralensis*

멸종위기야생동식물 Ⅱ급. 국제적 멸종위기종 Ⅱ(CITES)

| 사는 곳 | 남한에서는 강원도 산악지역에서 아주 드물게 관찰되는 희귀한 텃새

| 생김새 특징 | 몸길이 50cm로 올빼미와 아주 비슷하게 생겼는데, 올빼미와 달리 가슴에는 세로줄무늬만 있다.

| 생태적 특징 | 고산지대 숲속에 서식하며 고목나무 등에 둥지를 튼다.

| 먹이 | 쥐류, 작은 새, 곤충류 등

오대산국립공원의 프로그램

| 오대산의 전나무숲과 천년고찰 월정사(상원사) |

오대산 전나무숲, 월정사와 상원사로 대표되는 국립공원의 풍부한 자연자원과 역사자원을 간직한 오대산국립공원의 자연과 역사문화 체험이다.

| 금강산의 일란성 쌍둥이, 소금강 경관 해설 |

금강산의 일란성 쌍둥이라 불릴 정도로 빼어난 경관을 자랑하고 있는 소금강계곡을 따라 오르며, 기암괴석과 계곡이 빚어내는 금강산을 닮은 아름다운 경관자원에 대한 해설을 통해 국립공원의 소중함을 느낀다.

| 선재길 따라 힐링 여행 |

숲길을 걸으며 산림욕을 하고 이를 통하여 몸과 마음까지 건강해지는 시간을 갖는다. 또한 선재길에 살고 있는 다양한 동식물 친구들을 만나고 국립공원의 중요성을 느낄 수 있도록 한다.

허리 잘린 백두대간, 자병산

백두산에서 발원하여 금강산, 설악산, 오대산을 지나 태백산으로 흘러가던 백두대간이 강원도 정선 땅에 뿌리를 놓은 산이 바로 자병산과 석병산이다. 자병산과 석병산은 형제처럼 자매처럼 마주보고 있는 산이다. 그래서 이름도 비슷하다. 자병산(紫屛山, 872.5m)은 자줏빛 병풍을 드리운 것같이 아름다운 산이라는 뜻이고, 석병산(石屛山, 1055m)은 깎아지른 듯 솟아 있는 기암괴석들이 병풍처럼 둘러싸고 있는 아름다운 산이라는 뜻이다.

자병산은 해발고도가 872미터밖에 안 되는 높지 않은 산이지만, 빼어난 자연경관과 생태적으로 풍부한 동식물상을 자랑하던 곳이다. 삵과 고슴도치, 수달 등 멸종위기에 처한 동물들도 살고, 백리향, 만병초, 금강애기나리, 한계령풀, 돌마타리 같은 희귀식물들도 뿌리내려 살아가던 곳이었다. 더구나

ⓒ 최창남

자병산은 석회암 지대라서 다른 산에서는 볼 수 없는 생태학적 특수성을 지니고 있는 산이다.

하지만 이 모든 것은 훼손되었다. 아니, 훼손이 아니라 파괴되었다. 자병산 자

체가 없어진 것이다. 하나의 산이 여러 개의 봉우리로 이루어져 있듯이 백두대간은 수많은 산들로 이루어진 하나의 산줄기이다. 백두대간을 이루고 있는 산 하나하나가 모두 백두대간인 것이다. 그런 산이 사라졌다. 자병산에서 석회석 광산을 운영하고 있는 프랑스계 다국적기업 라파즈한라시멘트에 의해 완전히 소멸되어버린 것이다.

백두산에서 지리산까지 이어져 있다는 백두대간은 명확히 끊어져 있다. 완전히 단절되어 있다. 백두대간을 이어가려면 산을 내려가 계곡을 지나 다시 이어가야 하는 것이다. 지금 이 상태만으로도 하루속히 생태적 복원이 이루어져야 할 텐데, 그것 역시 불투명한 실정이다.

석회암 광산의 운영은 지금도 계속되고 있다.

제7장

설악산국립공원

:

백두대간의 중심,
설악을 품다

"

가슴 시리도록 하늘은 푸르고,
산줄기는 바람 피하려는 듯 멀리 떨어져 있었다.
부챗살처럼 퍼지고 있는 햇살이
산줄기를 따르는 듯했다.
바라보니 아득한 산줄기 더욱 아득했다.

"

한계령에
서다

　높은 하늘은 맑고 푸르렀다. 가을 하늘이었다. 바람 세찼다. 몸을 가누기도 어려웠다. 바람에 쏠려 나무들도, 산줄기도 비스듬히 누운 듯했다. 산줄기 위에 머물던 구름은 흐르다 멈추었다가 다시 흐르곤 했다. 한계령 한쪽에 표지석이 보였다. 눈여겨보지 않으면 눈에 띄지 않을 정도로 한쪽에 있는 듯 없는 듯 머물러 있었다. '옛 오색령'이라고 쓰여 있었다. 아주 오래전부터 그 자리에 서 있었던 듯 조금도 어색하지 않았다. 환경의 일부인 것처럼 자연스러웠다. 죽어 있는 돌이 아니라 '옛 오색령'이라는 이름을 지닌 살아 있는 생명 같았다.

　"루카스라는 미국인 건축가는 '돌도 나무도 무엇인가 되기를 원한다'는 말을 했어. 좋은 건축가는 그들의 말을 들을 수 있어야 한다고 했지. 그들의 말을 들을 수 있는 사람만이 좋은 건축가가 될 수 있다는 뜻이기도 하지. 하지만 돌과 나무의 소리를 듣는 것이 어찌 건축가들만의 일이겠어. 누구나 들을 수 있어야지. 풀, 꽃, 나무, 심지어 돌의 소리도 들을 수 있어야 하는 거야. 그런 소리를 들을 수 있어야 자연을 있는 그대로 잘 보존하고 지킬 수도 있는 것이고. 사실 생태적으로 자연을 보존한다는 것은 어찌 생각해 보면 그렇게 어려운 일이 아니야. 풀이든 나무든 모든 생명이 있어야 할 제자리에서 잘 살아가게 하는 것이 바로 생태적으로 숲을 지키는 것 아니겠어? 아주 간단한 일이지. 나무가 있어야 하는 숲에서 나무를 베어내지 않고 살아가게 하면 되는 거지. 이렇게 간단한 이치가 잘 지켜지지 않고 있지만 말이야."

삼촌은 혼잣말을 하는 듯했다.

한계령(寒溪嶺, 1004m)은 강원도 인제군 북면, 기린면과 양양군 서면과의 경계에 있다. 백두대간의 설악산과 점봉산(點鳳山, 1424m) 사이에 있다. 인제와 양양을 연결하는 국도가 지난다. 옛날에는 소동라령(所東羅嶺) 또는 오색령(五色嶺)이라 불렀다.

"이곳에도 신라의 마지막 왕자인 마의태자 이야기가 전해 내려와. 마의태자 이야기가 곳곳에 꽤 많이 남아 있지? 월악산국립공원 미륵리사지에서도 마의태자와 덕주공주 이야기를 나눴잖아. 소백산 줄기 국망봉에도 마의태자의 흔적이 남아 있고. 또 여기 한계령에서도 마의태자 이야기가 전해지지."

"정말 마의태자 이야기가 곳곳에 남아 있어. 그런 걸 보면 마의태자가 당시 백성들에게 인기가 좋기는 좋았나 봐."

"인기라기보다는 측은하게 여겨 마음을 쓴 것이겠지. 동정이었을 수도 있고."

"그게 그거지. 인기가 있으니 동정도 하고 측은히도 여기는 거지. 인기 없으면 누가 동정하고 측은히 여기겠어? 마의태자가 연예인은 아니지만 요즘도 연예인들 스캔들 같은 것 터지면 인기 있는 연예인은 얼마 안 가 동정 여론이 일어 금방 인기를 되찾지만, 인기 없는 연예인들은 한 방에 훅 간다고."

"그래, 네 말이 맞다."

우리는 얼굴을 마주하며 킬킬거렸다.

"'신라 김씨 대종원'의 기록을 보면 '마의태자 일행이 서울을 떠난 것은 935년 10월 하순이고, 한계에 닿은 것은 살을 에는 추위와 눈보라 몰아치는 겨울이었다'고 전하고 있거든. 그렇지만 이 기록도 좀 애매하다고 할 수 있어. 우리가 이미 알다시피 마의태자가 석불 등을 세우기 위해 8년 동안이나 미륵리에 머물렀던 게 사실이라면, 이 기록이 신빙성이 없는 것이고, 이 기록을 그대로 믿는다면 미륵리에 8년이 아니라 여덟 달을 머물렀다고 하더라도 전혀 신빙성이 없는 이야기가 되는 것이지. 그렇다면 석불을 마의태자가 세웠다는 것 또한 믿을 수 없게 되고."

"삼촌, 마의태자가 경주를 떠나서 백두대간을 따라 이곳까지 온 것은 아닐까? 월악산에도, 소백산 국망봉에도, 이곳 설악산 한계령에도 흔적이 남아 있잖아. 백두대간을 따라 흔적이 남아 있다는 것은 마의태자가 백두대간을 따라 걸어왔을 가능성이 있다고 봐야 하지 않을까?"

"물론이지. 그럴 가능성도 많겠지. 하지만 지방 도시를 지났다는 기록도 부분적으로 남아 있는 것을 보면 백두대간만을 걸었다고 보기는 어려울 거야. 하지만 내 생각에는 마의태자는 백두대간을 따라 걸으려고 했을 것 같아. 상식적으로 생각할 때 망국의 태자가 백주 대낮에 도시를 활보하고 다니기는 좀 어렵지 않았을까? 고려에서 태자를 쫓지는 않았다고 하더라도 그 스스로 백성들을 보기도 민망했을 테고 말이야. 물론 문헌으로 증명할 수는 없지만."

잠시 잦아들었던 바람이 다시 세차게 불었다. 바람 불 때마다 몸이 휘청거렸다. 나는 모자가 날아갈까 걱정되어 모자를 잡았다.

"바람이 너무 세차다. 너무 지체했구나. 가자."

우리는 가지런히 놓인 돌계단을 따라 산으로 들어갔다.

바람이 등을 떠밀어 발걸음 가벼웠다.

설악에
들다

　지난 늦봄 처음으로 지리산에 들어가던 날이 어제 같은데, 벌써 가을이었다. 삼촌과 함께 틈날 때마다 걸어온 백두대간 산행은 오늘이 마지막이었다. 지난번 오대산 산행 후 오랜만의 산행이었다. 우리는 제각기 자신의 생활에 바빴다. 삼촌은 새로운 일이 들어와 바빴고, 나는 소홀했던 학교생활을 충실히 하느라 바빴다. 가을 들어서고 있는 늦여름의 끝에 오대산을 찾았건만, 오랜만에 찾은 산에는 벌써 가을 깊어가고 있었다.

　마침내 설악이었다. '신성하고 숭고한 산'이라는 뜻에서 예로부터 설산(雪山), 설봉산(雪峰山), 설화산(雪華山) 등의 이름으로도 불렸다. 서리뫼(霜嶽)라고 불린 금강산(1638m)에 견주어 설뫼(雪嶽)라는 아름다운 이름도 가지고 있었다. 백두대간의 중심부에 있어 북쪽으로는 향로봉, 금강산과 마주하고 남쪽으로는 점봉산, 오대산과 마주하고 있다.

　설악산(雪嶽山, 1708m)은 1970년 3월에 국립공원으로 지정되었다. 그리고 1982년 8월, 한국에서는 최초로 유네스코의 '생물권보전지역'으로 지정되었다. 온대 중부지방의 대표적 원시림 지역인 설악산에는 다양한 동식물들이 살아가고 있다. 동물로는 산양, 하늘다람쥐, 수달 등 멸종위기종을 포함하여 총 39종의 포유류가 살고 있다. 반달가슴곰과 사향노루 등은 멸종했다고 알려졌지만, 최근 들어 흔적이 발견되고 있어서 어쩌면 멸종위기종에 다시 포함될지도 모르는 일이다. 산양은 최소 200여 마리가 서식하고 있다. 원래 산양은 1900년대 초만 해도 전국의 어느 산에서나 쉽게 찾아볼 수 있었고, 설악산에서도 예전에는 한 해에 수백 마리씩 잡았다는 이야기도 남아 있다. 다소 과장이 있을지도 모르지만, 중요한 것은 그만큼 산양이 많이 살았다는 사실이다.

어쨌든 설악산에는 포유류 외에도 각종 조류와 파충류, 양서류, 어류, 곤충 등이 서식하는 것으로 알려져 있다. 식생 분포도 다양하다. 대청봉 지역에 군락을 이루어 자라는 눈잣나무와 눈주목은 남한에서는 찾아보기 힘든 북방계 고산식물이다. 그밖에 소나무, 벚나무, 개박달나무, 신갈나무, 굴참나무, 떡갈나무, 눈측백, 금강초롱꽃, 금강분취 등 많은 관다발식물들이 살아가고 있다. 이 가운데는 특산식물과 희귀식물들이 많다.

우리는 한계령에서 들어가 끝청(1604m), 중청(1676m)을 지나 대

청봉(1707.9m)에 올랐다가 천불동계곡으로 내려갈 계획이었다. 마등령까지 이어지는 공룡능선은 비개방 구간이 아니었지만, 후일을 위해 남겨두기로 했다. 마등령 지나면 거대한 바위들이 길을 덮고 있는 너덜지대인 저항령이고, 황철봉이다. 황철봉 너덜지대*를 지나 내려서면 미시령이다. 미시령 지나 신선봉, 대간령까지가 설악산국립공원이 품고 있는 백두대간 마루금이지만, 모두 비개방 구간이다. 또 한계령에서 남쪽으로는 망대암산, 점봉산, 단목령 지나 875봉까지 설악산국립공원의 품이다.

한계령을 사이에 두고 설악산 대청봉과 마주보고 있는 점봉산(點鳳山, 1424m)의 옛 이름은 '덤붕산'이다. 마을 사람들은 아직도 이 이름으로 부른다고 한다. '덤'은 '둥글다'는 뜻이다. 이것이 한자화하면서 '점봉'으로 변한 것이다. 정상은 너른 평지 같다. 멀리서 보면 부드럽고 둥근 모습이다. '덤붕산'이라는 이름이 잘 어울린다.

---

* 지형학 용어로는 암괴원(block field)으로 불린다. 암괴원은 기반암에서 분리된 각이 진 큰 바윗덩어리들이 완만한 사면에 넓게 나타나는 지형으로, 보통 너덜지대라고 부른다. 주로 고위도 지방이나 교목 한계선 위의 고산에 주로 나타난다. 경사가 5도 이하의 사면에 있는 것을 암괴원 또는 암해라고 한다(국립환경과학원, 『한국의 대표지형』, 2010년 34~35쪽) 암괴원은 신생대 제4기 빙하시대에 기반암이 얼고 녹는 과정을 반복하면서 암석이 갈라지고 부서져서 생긴 것으로, 날카로운 모서리를 지닌 바윗덩어리로 이루어져 있다. 국내에서 가장 넓은 암괴원은 설악산국립공원의 황철봉 일대이고, 월악산국립공원의 대미산 능선에 작은 규모의 암괴원이 있다.

점봉산은 식물자원의 보고로서 생태적 가치가 매우 높다. 모데미풀, 한계령풀, 노랑무늬붓꽃, 금강초롱, 칼잎용담, 홀아비바람꽃 등 보호해야 할 희귀식물이 많다. 또한 참나물, 곰취, 곤드레, 고비, 참취 등 적지 않은 산나물들이 자생한다. 점봉산의 생태적 가치가 높은 또 다른 이유는 이곳이 한반도 자생식물의 남·북방한계선이 맞닿는 곳이기 때문이다. 북에서 서식하는 바람꽃류가 설악산을 거쳐 이곳으로 내려오고 남에서 자라는 모데미풀이 올라오다 멈추는 곳도 이곳이다. 북에서 자라는 이노리나무와 남에서 자라는 서어나무를 함께 볼 수 있는 곳도 이곳이다. 북쪽의 식물들은 백두대간을 타고 내려오고 남쪽의 식물들은 올라와 만나 한데 어우러져 사는 곳이 바로 점봉산이다. 이곳에 한반도 자생종의 20퍼센트에 해당하는 식물이 자라고 있다. 유네스코는 1982년에 설악산과 함께 생물권보전지역으로 지정하였다.

산길 곁에 다람쥐 있었다. 양손으로 도토리를 쥐고 오물거리며 먹고 있었다. 발걸음 멈추고 바라보았다. 귀여웠다. 겨울 준비를 하는 중 잠시 허기를 달래고 있는 것 같았다.

"철수야, 저 다람쥐들이 가을이 되면 겨울 준비를 하려고 도토리들을 입에 모아 가지고 다닌다. 볼이 볼록해지지. 입안에 도토리를 열 개, 어떤 경우는 스무 개 가까이 물기도 한다더라. 여하튼 도토리를 가져다 땅속에 묻어두지. 겨울에 먹을 것이 없을 때 먹으려고 말이야. 그런데 막상 겨울이 되어 도토리를 묻어둔 곳을 찾아 파 보면 없는 거야. 도토리가 없어."

"왜? 잊어먹은 거야?"

"물론 잊어먹은 거지. 어디에 묻어두었는지 못 찾는 거야. 다람쥐가 도토리를 묻을 때 어디에 묻었는지 확실히 하기 위해 하늘을 쳐다보는 거야. 다시는 묻은 곳을 잊지 말아야지 하고 몇 번이나 마음속으로 다짐하면서 외우는 거야. '동그란 뭉게구름 아래 파묻었다. 동그란 구름이야. 동그란 구름!' 하고 말이야. 한데 겨울이 되어 동그란 뭉게구름을 찾아 아래를 파 보면 아무것도 없는 거야. 분명히 동그란 뭉게구름 아래 묻어두었는데 말이야. 다람쥐는 어찌된 영문인지 모르고…… 너무 당황하여 다른 곳을 파 보면 또 없는 거야. 도토리가 나오는 경우도 있지만, 그렇지 않은 경우도 많은 거지."

"설마……. 말도 안 돼. 아무리 다람쥐가 구름 모양을 보고 그 아래에 도토리를 묻을까. 거짓말이지? 믿기 힘들어."

"하하하. 그래, 재미있으라고 꾸며낸 말이야. 구름 모양을 보고 그 아래 묻는 것은 아니야. 그렇지만 머리가 나빠 어디에 묻었는지 잊어먹는 것은 사실이야. 그래서 다람쥐 때문에 숲에 참나무들이 많아지는 것이지. 물론 찾아 먹는 도토리도 있지만, 먹는 것보다 더 많은 도토리들이 다람쥐에 의해 땅속에 묻혀 겨울을 나고 싹을 틔우는 은

총을 입게 되는 거란다. 그런 의미에서 보면 다른 동물들뿐 아니라 사람들도 다람쥐나 어치에게 엄청 신세를 지고 있는 셈이지. 어치도 다람쥐처럼 묻어둔 도토리를 찾지 못하기 일쑤거든. 그렇게 땅속에 묻힌 도토리들 중 깊이 묻혀 뿌리를 깊이 내리게 된 도토리는 세찬 비바람에도 쓰러지지 않고 오백 년, 천 년의 세월을 사는 큰 나무로 자라기도 하는 거고."

"다람쥐나 어치가 그런 역할을 한단 말이지. 우리가 몰라서 그렇지, 정말 경이롭다고 할 수밖에 없는 놀라운 일이네."

"철수야, 자연에서는 어느 것 하나도 그저 일어나는 법이 없단다. 다람쥐의 심한 건망증조차도 숲에서는 숲을 풍성하게 하는 자연의 은총일 뿐이다. 그로 인해 사람들뿐 아니라 다른 수많은 생명들도 풍성해진 숲에 몸을 기대고 살아가게 되는 것이란다. 자연은 그 누구의 실수도 그대로 덮어두지 않는다. 그 속에서 생명을 틔우고 품어 살리는 거야. 그것이 자연이야. 그것이 사람과 자연의 다른 점이야. 사람은 누군가의 실수를 실수로 치부하고 손가락질하기 십상이지만, 자연은 결코 그러지 않거든. 그 실수조차 생명을 품어 살리는 일에 사용하거든. 실수 속에서도 좋은 결과를 만들어내는 거야. 어때? 놀랍지? 그게 숲의 위대함이란다."

바윗길 오르다 보니 어느새 끝청이 눈앞이었다. 멀리 공룡능선이 보이고 너덜지대로 유명한 황철봉도 보였다. 용의 이빨처럼 날카로운 암봉들이 듬성듬성 연이어 산세를 이루고 있다는 용아장성(龍牙長城)도 보였다. 험하고 날카로운 산세로 인해 1년 내내 출입이 금지된 곳이다. 그 위세가 날카로우면서도 장엄하고 당당했다. 중청 대피소가 눈앞에 보였다.

대청봉(大靑峰, 1707.9m)을 향했다. 봉우리가 푸르게 보인다 해서 예전에는 그저 청봉(靑峰)이라고 불리기도 하고, 봉정(鳳頂)이라는 다른 이름으로도 불렸다고 한다. 한라산(1950m)과 지리산(1915m)에 이어 세 번째로 높은 봉우리다. 기상 변화가 심하고 강한 바람과 낮은 온도 때문에 눈잣나무 군락이 융단처럼 낮게 자라고 있는 곳이다.

대청봉에 올랐다. 바람 세차 몸을 가누기 힘들었다. 가슴 시리도록 하늘은 푸르고, 산줄기는 바람 피하려는 듯 멀리 떨어져 있었다. 부챗살처럼 퍼지고 있는 햇살이 산줄기를 따르는 듯했다. 바라보니 아득한 산줄기 더욱 아득했다.

"소감 한마디 해라."

삼촌이 말을 건넸다.

"오늘이 마지막 산행이잖아."

"소감은 무슨……."

말끝을 흐렸지만, 하고 싶은 말이 없는 것은 아니었다. 산은 내

게 많은 것을 주었다. 마음을 편안하게 해주었다. 원인 모를 불안감도, 무엇인가에 쫓기는 것 같은 초조함도, 누군지 모를 이에게 늘 화나 있던 분노도 어느 순간부터 봄눈 녹듯 사라져버렸다. 하루 종일 땀 흘리며 걷는 사이 땀과 함께 배출된 것 같기도 하였다. 숲길 걷는 사이 숲이 주는 평온함에 안식을 얻으면서 봄 햇살에 눈이 녹듯 사라져버린 것 같기도 하였다. 이런 마음의 변화가 일어나리라고는 생각도 못 하였다. 나는 이런 변화를 통해 나 혼자 품고 키웠던 엄마에 대한 섭섭함, 원망 등도 자연스럽게 버리게 되었다.

"그냥, 좋았어. 삼촌에게 고마워하고 있어. 전에도 말했지만, 많이 편해진 것 같아. 안정된 것 같아. 뭐랄까, 물에 떠 있던 불순물들이 가라앉거나 걸러진 것 같다고 할까. 걸러진 것인지 가라앉은 것인지는 아직 모르겠지만 말이야. 그래서 엄마하고도 좋아지고. 삼촌 덕분이야. 내가 한 가지 굳이 덧붙이고 싶은 말이 있다면…… 그것은 산에 대한 고마움이야. 산은 언제나 나를 받아들여주었어. 내가 처음에는 산행을 할 준비가 전혀 되어 있지 않았는데도 산은 길을 열어주고 쉬게도 해주었지. 숲에 들어갔을 때에는 숲의 이야기도 들려주고 평안함도 주었어. 난 태어나서 그날처럼 그렇게 마음이 편했던 적이 단 한 번도 없었어. 최소한 내 기억에는 말이야. 그날의 평온함을 잊을 수 없어. 산이 내게 준 가장 큰 선물이야."

나는 소리 없이 웃었다.

삼촌도 미소 짓는 것 같았다. 대청봉 내려오는 길에 돌탑이 빼곡히 쌓여 있었다. 사람들이 마음을 담아 발원한 징표였다. 나도 작은 돌멩이를 하나 쌓아올리며 기도했다.

'엄마가 건강하게 오래오래 사실 수 있게 해주세요.'

우리는 천불동계곡을 향했다.

받아들이는 사랑

우리는 부지런히 걸었다. 천당폭포, 오련폭포를 지나고 귀면암을 지나니 비선대가 눈앞이었다. 내려오는 길에도 많은 생각들이 마음에서 일어났다 사라지곤 했다. 지나왔던 길들, 저마다 달랐던 숲 냄새, 새소리, 하늘 흐르고 산줄기 넘던 구름들, 골과 골, 산과 산이 만들어내던 신비롭고 황홀했던 풍경들, 바람 흐르는 소리, 나뭇잎 부대끼는 소리, 나뭇잎 하나의 울림, 경이로웠던 숲의 조화로움 등 수많은 느낌들, 생각들이 마음에 들어왔다 나가곤 했다.

"철수야, 조금 쉬었다 가자. 어둡기 전에 내려오려고 너무 정신없이 내려왔다. 여기서 뭐라도 좀 먹고 잠시 쉬자."

우리는 비선대에서 잠시 쉬었다. 저녁이 다가오고 있었다. 비선대의 맞은편 암벽 틈마다 어떻게 들어섰는지 소나무들 촘촘히 자리 잡아 살아가고 있었다. 저마다 다 자신만의 모습으로 서 있었다. 고개를 삐죽 내민 놈은 호기심이 많은 듯 보였고, 양팔을 하늘로 높이 치켜든 놈은 제 잘난 맛에 사는 것 같았고, 한 팔을 나를 향해 내뻗은 놈은 무엇인가 하고 싶은 말이 있는 것 같았고, 또 금방이라도 뛰어내릴 것만 같은 놈은 마음의 격정을 주체하지 못해 어쩔 줄 모르고 있는 것만 같았다.

나는 피식 웃었다.

"왜?"

삼촌이 물었다.

"그냥…… 저기 절벽에 삐죽 튀어나온 소나무…… 오른쪽 중간에 있는 거. 금방 떨어질 것 같고, 쏟아질 것 같은 저놈을 보니 꼭 예전의 나 같다는 생각이 들어서…… 나도 모르게 웃음이 났어."

"하하하, 그래?"

삼촌은 큰 목소리로 웃었다.

우리는 걸음을 재촉했다. 조금씩 어스름 깃들고 있었다.

"삼촌, 저 나무들도 좀 봐. 비선대 절벽에서도 보았지만, 저기 있는 소나무들은 모두 커다란 바위에서 자라고 있잖아. 정말 대단하지? 뿌리의 힘이 얼마나 대단하면 저런 바위를 뚫고 뿌리를 내려 살아갈 수 있을까. 정말 놀랍네. 설악산에는 저런 나무가 유난히 많은 것 같네. 다른 산에서는 어쩌다 한 번 눈에 띄는 정도였는데.”

“철수야, 너는 소나무 뿌리가 바위를 쪼갠 것 같니? 물론 그렇게 볼 수도 있겠지. 하지만 삼촌은 그렇게 생각하지 않아.”

“그럼?”

나는 삼촌이 뭐라고 대답할지 정말 궁금해 졌다.

“저건 말이야. 소나무 뿌리가 바위를 가른 것이 아니라 커다란 바위가 단단한 제 몸을 갈라 소나무를 받아들여준 거야. 바람에 실려 이리저리 떠돌아다니다가 떨어진 씨를 불쌍히 여겨 받아들여준 것이지.”

나는 삼촌의 말을 금방 알아듣지 못했다. 삼촌의 얼굴을 의아한 표정으로 바라보자 삼촌은 다시 말을 이었다.

“다른 말로 하면, 네가 잘나고 힘세고 똑똑해서 엄마가 너를 예뻐하고 보살펴주는 것이 아니라는 거야. 네가 못나고 약하고 모자라더라도 엄마는 너를 예뻐하고 보살펴줄 것이라는 말이야. 바위도 사람이라면 제 몸이 쪼개지는데 어찌 아프지 않겠니. 하지만 바위는 사랑으로 제 단단한 몸을 스스로 갈라 소나무를 품어 보살피고 있다는 말이야. 알아듣겠니? 이런 것에 정답이 있는 건 아니야. 삼촌은 그렇게 생각한다는 거야. 받아들이는 사랑이지. 그것이 자연이 가르쳐주는 자연의 사랑법이고 엄마의 사랑이기도 한 것이지.”

'그래, 그런 사랑도 있겠구나…….'

삼촌의 말이 가슴에 남아 울리고 있는 것 같았다.

"삼촌이 지금 금방 지은 시를 읊어주지. 뭐, 시라고 하기보다는 너와 지금 나눈 이야기를 정리한 거라고 생각하면 되겠다. 사랑하는 조카에게 주는 선물이다. 산행을 끝내며 주는 선물이야. 제목은 '받아들이는 사랑'이야. 흠, 흠!"

삼촌은 목청을 가다듬더니, 마치 오래전부터 품고 있던 마음의 말들을 꺼내놓는 것처럼 하나하나 또박또박 낭랑한 목소리로 읊기 시작했다.

　　대지가 제 마음을 열어
　　수많은 생명들 품어 살리듯이
　　받아들이는 사랑을 해야 합니다

　　커다란 바위가 제 단단한 가슴을 갈라
　　소나무들을 품어 살아가게 하듯이
　　받아들이는 사랑을 해야 합니다

　　나무가 제 영혼을 열어
　　숱한 생명들과 함께

정령의 숲을 이루어가듯이
받아들이는 사랑을 해야 합니다

풀이 부드러운 제 몸 내어주며
바람을 받아들이고

바람이 어우러져 흐르며
풀을 받아들이듯이
받아들이는 사랑을 해야 합니다

산이 나를 받아들여
숲의 일부가 되게 하듯이

우리는
받아들이는 사랑을 해야 합니다

진정한 사랑은
주는 사랑이 아니라
받아들이는 사랑입니다.

그것은 삼촌의 마음이 그대로 담겨 있는 하나의 말이며 시였다. 운율을 담은 듯한 삼촌의 낭랑한 목소리는 저녁 어스름 내리는 숲으로 퍼져나갔다. 삼촌의 목소리는 계곡을 흐르는 맑은 물소리 같기도 하고, 숲을 지나온 시원한 바람 소리 같기도 하고, 오랜 세월 가슴 깊이 품고 있었던 이야기들을 들려주는 숲의 목소리 같기도 하였다.

삼촌의 뒷모습이 붉어지더니 이내 해가 떨어졌다.

설악산국립공원의 깃대종

눈잣나무 *Pinus pumila*

영명 Dwarf Stone Pine

| 사는 곳 | 동북아시아에 넓은 면적으로 분포하는 종류이나, 우리나라에서는 설악산국립공원이 유일하다.

| 생김새 특징 | 잎은 5개가 모여나 잣나무와 같으나, 잎 길이가 짧다. 잣나무와 달리 주로 누워서 자란다.

| 생태적 특징 | 설악산이 눈잣나무의 남방한계선이다. 설악산 눈잣나무 집단의 크기가 작아 아쉬움이 크며, 지구 온난화 등의 영향으로 사라질 가능성이 높다. 설악산국립공원사무소는 눈잣나무의 서식지를 특별보호구로 지정하여 보호하고 있다.

설악산국립공원의 깃대종

산양 *Nemorhaedus caudatus*

영명 Korean Goral, Amur Goral, Long-tailed Goral

멸종위기야생동식물 Ⅰ급. 국제적 멸종위기종 Ⅰ(CITES). 천연기념물 제217호

| 사는 곳 | 한국, 연해주, 만주 지역. 절벽과 바위로 둘러싸인 산에 서식한다. 한국에서는 설악산, 오대산, 월악산, 태백산 일대에 서식한다.

| 생태적 특징 | 다른 동물의 접근이 어려운 바위와 바위 사이, 동굴 등에 2~5마리씩 모여서 생활한다.

| 생김새 특징 | 몸길이 130cm 정도이며, 암수 모두 뿔이 있고 목이 짧고 다리가 굵으며 발끝이 뾰족하다.

| 먹이 | 바위이끼, 진달래, 철쭉, 초본류 등

| 특이사항 | 남한에 남아 있는 개체수는 700여 마리로, 그중에서 100~200마리가 설악산에 살고 있는 것으로 추정되며, 월악산에서는 복원사업이 진행중이다.

설악산국립공원의 프로그램

| 오색천 굽이굽이 기암괴석 이야기 |

무심코 지나쳤던 산속 바위와 식물의 생태를 자연해설, 체험과 함께 체계적으로 이해하고 국립공원의 경관자원과 자연자원의 소중함을 배운다.

| 몽골의 침입을 막아낸 권금성 |

전설로만 전해지던 권금성의 실체를 통해 고려시대 조상들의 애국심에 대해서 알아보고, 설악산의 아름다운 경관에 대한 해설과 함께 지켜야 할 자연에 대해 이야기를 나눈다.

| 백담계곡 맑은 물 따라 생태기행 |

백담계곡은 지금도 옥수가 쪽빛으로 흘러내리고 있는, 둘도 없는 청정지역이다. 백담계곡을 따라 설악산에 서식하는 야생동물의 흔적을 찾아보는 경험도 할 수 있다.

| 부록 1 |

민족의 하늘길 백두대간

⋮

| 부록 2 |

자연과 하나 되는 걷기

민족의 하늘길 백두대간

:: 산과 자연 ::

옛사람들은 산을 어떻게 생각했을까요? 땅에 있는 것들 중 하늘과 가장 가까운 곳이 산입니다. 오늘날과 달리 옛날에는 산의 정상에 오르는 것이 아주 힘들었습니다. 그렇기 때문에 옛사람들은 산을 사람들의 뜻이나 발걸음이 미치지 않는 신비한 곳으로 생각했습니다. 하늘의 뜻이 드러나는 신성한 장소로 생각했습니다. 사람이 함부로 가까이 할 수 없고, 자기 뜻대로 어찌할 수 없는 거룩한 곳으로 생각했습니다. 땅에 있지만 단순히 땅이 아니라 하늘과 소통하는 특별한 공간으로 생각했습니다.

옛사람들의 이러한 생각은 한자에 잘 드러나 있습니다. 사람이 산에 머무는지 골짜기에 머무는지에 따라 신선과 사람을 구분하였습니다. 산과 산 사이의 골짜기에는 물 흐르고 평지가 있었기에 사람들이 모여 마을을 이루고 살았습니다. 골짜기에 들어간다는 것은 마을에 산다는 뜻입니다. 산에 들어간다는 것은 마을에서 살지 않는다는 것을 의미합니다. 즉 사람(人)이 골짜기(谷)에 있으면 속인(俗人)이 되고, 산(山)에 있으면 선계(仙界)의 신선, 곧 선인(仙人)이 된다고 생각했던 것입니다. 이처럼 옛사람들에게 있어 산은 신성한 공간이었습니다.

이러한 생각은 단군신화에도 잘 나타납니다. 단군신화에 의하면, 환웅이 태백산 신단수 아래에서 신시를 열고 천왕으로서 세상을 다스렸고, 그 아들인 단군 또한 고조선을 세우고 죽은 뒤에는 산신이 되었습니다. 환웅이 태백산에서 산신 노릇을 했듯이 단군 또한 죽어서 산신이 된 것입니다. 환웅 같은 하늘의 천신도, 단군 같은 건국시조도 모두 산으로 내려오고 죽어서는 산으로 돌아가 산신이 되었으니, 우리 조상들이 산에 대해 신앙에 가까운 경외심을 품었다고 해서 이상할 것은 하나도 없습니다. 오히려 자연스러운 결과입니다.

산은 우리 조상들에게 있어 이 땅의 생명을 품고 살리는 생명의 터전이고 하늘의 지혜가 깃들어 있는 곳이었습니다. 그렇기에 우리 조상들은 이 지혜를 얻기 위해 산으로 들어가 수련을 하고, 자식을 얻기 위해 산에 들어가 기도했던 것입니다.

이처럼 우리 민족은 산을 정복의 대상이 아니라 섬김의 대상으로 여겨왔습니다. 자연을 사람의 이익을 위해 이용해야 할 대상으로 삼지 않고, 사람뿐 아니라 모든 생명을 낳아주고 품어주는 신성한 존재로 믿고 섬겼습니다. 다시 말하면 자연을 사람과 같은 존재로 생각했을 뿐 아니라 오히려 사람보다 더 거룩한 존재로 생각했습니다. 이 땅의 모든 생명을 낳고 품어 길러주는 어머니와 같은 존재로 생각한 것입니다. 그러므로 자연을 훼손하고 파괴하는 것은 죄로 여겼습니다. 그것은 곧 우리 자신을 훼손하고 파괴하는 것일 뿐 아니라 모든 생명들을 죽이는 것이라 생각했기 때문입니다.

하지만 산을 섬기고 자연을 존중하던 우리 민족의 이러한 인식은 오늘날에는 찾기 쉽지 않습니다. 돈이 최고이고 잘 먹고 잘 살자는 개발논리, 성장정책에 의해 산과 자연에 대한 경외심은 무너지고 사라졌습니다. 산과 자연에 대한 훼손과 파괴는 점점 심해지고 있는 형편입니다. 산과 자연을 훼손하고 파괴하는 일은 산에 깃들어 사는 수많은 생명들만 아니라 사람들과 마을공동체, 더 나아가 우리 사회와 하나뿐인 지구를 파괴하는 일입니다. 참으로 안타까운 현실이라 아니할 수 없습니다.

산은 모든 생명을 품어 살아가게 하는 신성한 생명의 바탕입니다.

따라서 산과 자연을 온전히 지키고 잘 보존해야만 합니다. 이는 우리와 우리 후손들의 생명을 지키는 일이기 때문입니다.

:: 백두대간은 하늘길입니다 ::

앞서 살펴본 것처럼, 옛사람들은 백두대간을 그저 높은 산들이 이어진 산줄기라고 생각하지 않았습니다. 이 땅의 모든 생명을 품어 살리고 키운 생명의 땅이라고 생각했습니다. 생명을 주관하는 것은 하늘입니다. 하늘이 생명을 품고 삶과 죽음을 주관합니다. 그러니 생명을 품어 살리고 키우는 백두대간은 땅에 있으나 하늘에 속한 거룩한 공간이라고 생각한 것입니다. 생명을 허락하고 살아가게 하는 하늘의 지혜가 전해지는 통로라고 믿었습니다. 단군이 하늘에서 내려와 이 민족을 연 것도 산이었고, 수많은 성인과 도인들이 깨우침을 얻은 곳도 산이었습니다. 산은 생명과 지혜의 산실이었던 것입니다.

산은 신성하고 밝은 깨우침을 주는 장소였습니다. 이러한 생각과 믿음들은 지금까지도 산의 이름에 그대로 남아 있습니다. 예를 들어, 우리나라의 산 이름에는 '백'(白) 자가 들어간 산이 많습니다. 백두대간에 있는 함양, 장수 지역의 백운산(白雲山) 외에도 100개가 넘습니다. 문경, 괴산 지역의 백화산, 울진의 백암산, 태백시의 태백산, 영주, 단양의 소백산, 태백시의 함백산 등 헤아리기 힘들 정도로 많습니다. 그리고 그 산들은 그 지역의 대표적인 신령한 산입니다. 정신적인 지주 역할을 하는 산들입니다.

'백'(白) 자는 '밝음'을 의미합니다. '광명'을 의미합니다. 즉 '지혜를 밝게 비추는 것'을 의미하는 것입니다. '밝게 비춤'으로 '깨우침'을 준다는 뜻을 담고 있습니다. 이처럼 산은 사람들에게 지혜를 주는 은총의 땅이었던 것입니다. 따라서 백두산(白頭山)은 이름 그대로 '밝음, 광명, 지혜, 깨우침, 은총의 땅' 등을 상징하는 '백' 자가 들어간 산들 중 가장 머리가 되는 산인 것입니다. 백두산은 글자 그대로 '밝음, 깨우침의 머리가 되는 산'입니다. 참으로 민족의 영산이라고 아니할 수 없습니다.

백두대간은 민족의 영산인 백두산으로부터 시작됩니다. 백두대간은 '지혜의 머리가 되는 산'인 백두산의 하늘못인 천지(天池) 장군봉에서 시작하여 원산, 낭림산, 두류산, 금강산, 오대산, 태백산, 속리산, 장안산을 거쳐 '머물면 산 아래 사람 사는 세상과는 다른 종류의 지혜를 얻게 되는 산'인 지리산(智異山) 하늘의 봉우리 천왕봉(天王峰)까지 이어진 큰 산줄기입니다.

백두대간의 시작과 끝이 '하늘'에 닿아 있고 '깨달음과 지혜'를 담고 있다는 것은 우리 조상들이 백두대간을 그저 높은 산들이 이어져 있는 산줄기가 아니라 하늘의 세계로 인식했다는 것을 보여줍니다. 최소한 생명과 지혜를 주관하는 하늘의 뜻이 사람들에게 전해지는 통로로 인식하였음을 보여주고 있는 것입니다. 그렇기에 지리산 천왕봉을 오르려면 '하늘을 여는 문'인 개천문(開天門)이나 '하늘에 오르는 문'인 통천문(通天門)으로 들어가야 했던 것입니다. 그 문을 지나야만 백두대간으로 들어갈 수 있었던 것입니다. 그 길 따라 걸을 수 있었던 것입니다.

우리 민족이 백두대간을 하늘길로 생각한 것은 그저 하늘에 가까이 있는 높은 산이었기 때문만은 아닙니다. 백두대간이 사람들뿐 아니라 수많은 생명들이 어우러져 살아갈 수 있는 땅과 물과 지혜를 베풀었기 때문입니다. 그것은 하늘에 속한 것으로서 하늘만이 할 수 있는 일이었기 때문입니다.

백두대간은 1정간, 13정맥과 수많은 지맥(支脈), 기맥(岐脈)들을 이 땅에 풀어 놓았습니다. 그뿐입니까. 열 개의 큰 강을 비롯한 수많은 크고 작은 강줄기들을 품어 흐르게 함으로써 뭇 생명들이 깃들어 살아갈 수 있게 하였습니다. 생명을 주었을 뿐 아니라 살아갈 수 있게 만들어 주었습니다. 그러니 우리 조상들이 백두대간을 하늘에 속한 신성한 산줄기이자 하늘길로 생각했다는 것은 어찌 보면 당연한 일입니다.

:: 강을 품어 흐르게 한 백두대간 ::

백두대간과 장백정간의 산줄기는 모든 물줄기를 크게 동서로 나누는 역할을 합니다. 백두대간에서 뻗어 나온 이차적인 산줄기를 정맥이라고 하는데, 정맥은 큰 강을 나누는 역할을 합니다. 그래서 정맥의 능선들을 원수분(原水分) 능선이라고 말합니다. 큰 강을 나누는 능선이니, 정맥은 우리 민족의 산 인식에서 매우 중요합니다. 그렇기 때문에 정맥은 산줄기의 높이나 규모에 상관없이 중요하게 생각하여 지도에 표기하였습니다. 높은 산만 중요하게 생각하는 요즘의 세태에서 보면 이해하기 힘든 낮고 볼품없어 보이는 산줄기라 하더라도 말입니다. 예를 들어 김포평야를 지나는 한남정맥은 산이 낮고 산세가 미약합니다. 그러나 주변의 더 높은 다른 산줄기보다 더욱 뚜렷하게 표시합니다. 정맥들로 형성된 강은 우리나라 10강인 압록강, 두만강, 청천강, 대동강, 예성강, 임진강, 한강, 금강, 섬진강, 낙동강입니다.

산은 물을 낳고, 물은 생명을 낳습니다. 백두대간은 자연스럽게 생활권역을 나누고 통합하는 역할을 해왔습니다. 산에서 비롯된 물줄기의 흐름이 바뀌면 기후나 토양도 변하고, 거기에 기대어 사는 사람들의 품성도 바뀝니다. 이처럼 백두대간은 사람들의 삶과 떼려야 뗄 수 없는 밀접한 관계를 맺고 있습니다. 그것은 백두대간이 단순히 산줄기만을 의미하는 것이 아니라 물줄기를 포함하고 있기 때문입니다. 백두대간은 단순히 산에서 산으로 이어지는 마루금, 곧 능선으로 이어진 산줄기만을 의미하는 것은 아닙니다. 백두대간은 산줄기 전체이며 품어 흐르게 한 물줄기를 포함하고 있는 개념입니다.

이 땅을 동서로 크게 가르는 백두대간은 이 땅 곳곳에 물줄기를 흘려보내는 젖줄의 모태이며, 이 땅의 모든 곳에서 만물이 조화를 이루며 살아 갈 수 있도록 지켜주는 생명의 뿌리인 것입니다.

이러한 인식들이 체계적으로 정리되기 시작한 것은 조선 후기입니다. 조선 후기 실학자 여암 신경준의 『산수고(山水考)』가 대표적이라 할 수 있습니다. 『산수고』는 우리나라의 산과 하천을 정리한 책입니다. 한국적 지형학을 다룬 책이라 할 수 있습니다. 이 책은 산과 강을 중심으로 우리나라의 자연을 정리했기 때문에 자연히 산과 강에 깃들어 살던 사람들의 삶의 모습 또한 담겨 있습니다. 다시 말해 자연과 조화롭게 살아가는 사람들의 생활 모습이 담겨 있습니다. 『산수고』는 국토의 뼈대와 핏줄을 이루고 있는 산과 강을 체계적으로 정리한 최초의 지리서이며, 한국적 산천 인식 방식을 전해줍니다.

『산수고』는 다음과 같은 글로 시작됩니다.

하나의 근본에서 만 갈래로 나누어지는 것은 산이요, 만 가지 다른 것이 모여서 하나로 합하는 것은 물이다.

이 땅의 근본은 산과 강이며, 산과 강의 조화에 의해 이 땅이 만들어진 것으로 생각했습니다. 산이 만 갈래 수많은 줄기로 나누어지고, 그 산줄기를 따라 비 내려 강줄기 되며 땅의 형상이 이루어졌다는 것입니다. 물이 있는 곳, 곧 강줄기 흐르는 곳에 사람들이 모여 마을을 이루고 살게 되었습니다. 산과 강의 조화, 자연과 사람의 조화, 즉 모든 생명들의 조화는 그 시대의 정신이었습니다.

『산수고』는 이러한 정신들을 담아낸 책인 것입니다. 『산수고』는 만물의 조화에 바탕을 둔 책입니다. 1년은 열두 달로 이루어져 있습니다. 그래서 『산수고』는 이러한 자연의 이치를 따라 우리나라의 주요 산과 하천을 각각 12개씩 선정하였습니다. 그 12개의 산과 12개의 하천이 조화를 이루며 우리가 살고 있는 한반도라는 땅을 만들어 낸 것이라고 생각하였던 것입니다. 다른 말로 하면 이러한 조화가 깨어질 때 이 땅은 병들고 황폐해지는 등 수많은 문제들이 나타날 것이라고 생각했던 것입니다. 이것은 『산수고』만의 생각이 아니라 하늘과 땅과 사람의 조화로운 세계를 생각했던 우리 조상들의 생각, 즉 세계관이 반영된 것입니다. 신경준 개인의 생각이 아니라 그 시대의 정신이었던 것입니다.

:: 이 땅의 등뼈, 백두대간 5416리 ::

백두대간이란 '백두산에서 비롯된 큰 산줄기'라는 뜻입니다. 백두대간은 백두산 장군봉에서 흐르기 시작하여 금강산, 설악산, 태백산, 소백산, 속리산, 덕유산 등을 지나 지리산 천왕봉에 이르기까지 한 번도 끊어지지 않고 이어진 이 땅의 등뼈라 할 수 있는 큰 산줄기입니다. 도상 거리 1625킬로미터, 실제 거리는 약 2166킬로미터입니다. 우리나라의 전통적인 거리 측량 단위인 리(里)로 계산하면 5416리나 되는 긴 산줄기입니다.

남한 쪽 백두대간은 지리산에서 마루금을 따라 걸을 수 있는 마지막 구간인 진부령을 지나 비무장지대 안의 군사분계선이 지나는 삼재령에 이르기까지 약 702킬로미터입니다. 북한 쪽 백두대간은 무산(1320m), 금강산 비로봉(1638.2m), 풍류산, 두류산(1323m), 재령산, 용풍산, 마유령, 노란봉, 마대산, 금패령, 동점령산(1925m), 대각산(2121m), 백사봉(2098m), 북포대산(2289m), 소백산(2173m), 대연지봉(2359m)을 지나 2750미터의 백두산 장군봉에 이르기까지 약 923킬로미터입니다. 남한 쪽보다 221킬로미터 정도 더 깁니다.

백두대간은 국토를 남북으로 내닫는 대동맥입니다. 동해로 흐르는 물과 서해로 흐르는 물을 갈라놓는 대분수령입니다. 14개 정간·정맥을 비롯한 모든 산줄기의 모태이며 모든 강의 발원지입니다. 한반도 산지 분류체계의 상징이며, 한민족의 인문·사회·문화·역사의 기반입니다. 자연환경과 생태계의 중심축을 이루는 대표 산줄기입니다.

백두대간은 그대로 거대한 자연환경의 장(場, field)이며, 생태의 장입니다. 스스로 살아 있는 자연입니다.

백두대간의 개념과 정의는 정확히 정립되어 있지 않습니다. 사람마다 자신의 지식을 바탕으로 저마다 주장하고 있을 뿐입니다. 하지만 그 모든 논의의 중심에는 『산경표(山經表)』라는 책이 있습니다. 『산경표』는 1800년경 편찬된, 간단히 말하면 우리나라 산의 족보를 기록한 책입니다. 우리나라의 산이 어디서 시작하여 어디로 흐르고 어디서 끝나는지를 기록한 책입니다. 그 산의 흐름을 족보 형식으로 도표화한 것입니다.

백두산으로부터 지리산까지 이르는 끊어지지 않고 이어진 큰 산줄기를 백두대간이라 하고, 여기서 뻗어나간 산줄기들을 정간·정맥이라 이름 붙였습니다. 『산경표』는 우리나라 산줄기를 1대간·1정간·13정맥으로 체계화하였고, 또 여기서 흘러나간 크고 작은 산줄기들을 표시하였습니다. 『산경표』를 이해하는 것은 매우 중요합니다. 왜냐하면 『산경표』를 이해한다는 것은 단지 그 책을 알고 산줄기의 체계를 이해하는 것으로 그치지 않기 때문입니다. 『산경표』의 우리나라 산줄기의 분류 체계는 우리 조상들의 자연관, 세계관에 바탕을 두고 있기 때문입니다.

이제 백두대간과 정간과 정맥이 무엇인지 간단히 살펴보겠습니다. 1대간은 백두대간, 1정간은 장백정간, 13정맥은 낙남정맥, 청북정맥, 청남정맥, 해서정맥, 임진북예성남정맥, 한북정맥, 한남금북 정맥, 한남정맥, 금북정맥, 낙동정맥, 금남호남정맥, 금남정맥, 호 남정맥입니다. 이 이름들은 강을 중심으로 이루어졌습니다. 예를 들 면 한강의 북쪽에 있으면 한북정맥, 한강의 남쪽에 있으면 한남정 맥, 한강의 남쪽에 있으면서 금강의 북쪽에 있으면 한남금북정맥이 라 부른 것입니다. 그러므로 정맥의 이름을 알면 절로 강의 위치와 이 땅의 지리를 한 눈에 알 수 있게 되는 것입니다. 이것은 '산은 물 을 가르고, 물은 산을 넘지 못한다'는 지극히 상식적인 생각에 바탕 을 둔 것입니다.

1) 백두대간(白頭大幹)

백두산(2750m)에서 출발하여 금강산, 설악산, 태백산을 거쳐 속리 산, 덕유산을 지나 지리산까지 이어진 한반도를 관통하고 있는 큰 산줄기입니다. 한 번도 물줄기에 의해 잘리지 않고 이어지며 이 땅 의 모든 산줄기들을 품어 흐르게 하는 중심 산줄기입니다.

2) 장백정간(長白正幹)

백두대간의 원산(圓山)에서 장백산을 거쳐 동북쪽으로 뻗어 함북 경 성의 거문령, 부령의 정탐령, 회령의 엄명산, 종성의 녹야현, 경흥 의 백악산을 지나 두만강 하구 남쪽 서수라곶산에서 멈춥니다. 함경북도를 서남쪽에서 동북쪽으로 가로지르는 산줄기입니다. 서북쪽의 물은 두만강으로, 동남쪽의 물은 동해로 흘러듭니다.

3) 낙남정맥(洛南正脈)

백두대간의 끝 지리산에서 취령을 거쳐 동남쪽으로 흐르면서 경남 곤양의 소곡산, 사천의 팔음산, 고성의 무량산에 이르고, 동북쪽으로 진해의 여항산, 창원의 청룡산과 불모산을 지나 김해의 분산(盆山)까지 흐릅니다. 낙동강 남쪽을 에워싸는 산줄기입니다. 그 서쪽의 물은 섬진강으로, 남쪽의 물은 남해로 흐릅니다.

4) 청북정맥(淸北正脈)

백두대간의 낭림산에서 시작하여 태백산을 거쳐 서쪽으로 뻗으면서 평북 강계 남쪽의 적유령과 구현, 운산의 월은령, 삭주의 온정령과 천마산, 철산의 백운산, 용천의 용골산을 지나 신의주 남쪽 미곶산에 이릅니다. 청천강 북쪽, 압록강 남쪽 산줄기입니다. 고려 덕종 때 (1032~1034년) 축조한 천리장성은 이 청북정맥의 자연 지형을 최대한 이용한 것입니다.

5) 청남정맥(淸南正脈)

백두대간의 낭림산에서 영원의 지막산을 거쳐 서남쪽으로 흘러 평북 희천의 묘향산에 이른 후, 계속 서남쪽으로 평남 덕천의 장안산, 개천의 백운산, 안주의 마두산, 숙천의 함박산, 자산의 황룡산, 순안의 자모산과 법흥산, 영유의 미두산, 증산의 국령산, 함종의 호두산, 용강의 봉곡산과 오석산을 거쳐 삼화의 증악산까지 뻗어 있습니다. 청천강 남쪽, 대동강 북쪽 산줄기입니다.

6) 해서정맥(海西正脈)

백두대간의 두류산에서 시작하여 서남쪽으로 강원도 개련산(開蓮山)까지 흐르고, 다시 이곳에서 북상하다 언진산(1120m)에서 남하합니다. 서해의 멸악산 등을 지나 서해의 장산곶까지 이어져 있습니다. 대동강 남쪽, 예성강 북쪽 산줄기입니다.

7) 임진북예성남정맥(臨津北禮成南正脈)

해서정맥의 개련산에서 남쪽으로 황해도 신계의 기달산으로 갈라져 나와 서남쪽으로 흐르면서 화개산과 학봉산을 지나고, 금천의 수룡산과 성거산을 거쳐 경기도 개성의 천마산과 송악산을 지나 풍덕의 백룡산에 이릅니다. 이름 그대로 임진강 북쪽, 예성강 남쪽 산줄기입니다.

8) 한북정맥(漢北正脈)

북쪽으로 임진강 남쪽으로 한강의 분수령이 되는 산줄기입니다. 백두대간의 분수령에서 갈라져 나와 백암산, 법수령을 지나고 철책을 넘어 대성산으로 이어집니다. 경기도 포천의 운악산, 서울 도봉, 북한을 지나 임진강과 한강의 합류지점인 장명산까지 이어져 있습니다.

9) 낙동정맥(洛東正脈)

태백산에서 서남쪽 소백산으로 이어지는 백두대간을 태백산 북쪽에서 벗어나, 경북 울진의 백병산과 평해의 백암산, 영덕의 용두산, 청송의 주왕산을 지나고, 줄기차게 남쪽으로만 달려 경주의 단석산, 청도의 운문산, 언양의 가지산, 양산의 취서산, 동래의 금정산을 지나 엄광산까지 이어져 있는 산줄기입니다. 낙동강 동쪽 산줄기이며, 그 동쪽의 물은 모두 동해로 흘러듭니다.

10) 한남금북정맥(漢南錦北正脈)

백두대간의 속리산에서 시작해 회유치를 지나 충북 보은의 피반령, 청주의 상령산, 괴산의 보광산, 음성의 보현산, 경기도 죽산의 칠현산에 이르러 북으로 한남정맥, 남으로 금북정맥으로 갈라지며 흐릅니다. 한남정맥과 금북정맥을 합친 이름이며, 한강 남쪽, 금강 북쪽 산줄기입니다.

11) 한남정맥(漢南正脈)

한남금북정맥의 칠현산에서 경기도 안성의 백운산을 거쳐 북으로 용인의 보개산, 수원의 광교산을 지나 안양의 수리산에 이르고, 다시 서북쪽으로 인천의 소래산과 주안산에 이르고, 김포의 북성산과 가현산을 지나 통진의 문수산에 이릅니다. 한강 남쪽 산줄기입니다. 그 서쪽의 물은 서해로, 남쪽의 물은 진위천과 안성천으로 흐릅니다.

12) 금북정맥(錦北正脈)

경기도 죽산의 칠현산에서 서남쪽으로 안성의 청룡산을 거쳐 충남 직산의 성거산, 천안의 차령, 온양의 광덕산, 청양의 사자산과 백월산에 이르고, 북쪽으로 보령의 오서산, 덕산의 수덕산, 해미의 가야산을 지나 서산의 성왕산에 이르고, 서쪽으로 팔봉산을 지나 태안의 지령산에 이릅니다. 금강 북쪽 산줄기입니다. 그 북쪽의 물은 무한천과 삽교천, 곡교천, 그리고 서해로 흘러듭니다.

13) 금남호남정맥(錦南湖南正脈)

백두대간의 영취산에서 시작하여 전북 남원의 수분현, 장수의 팔공산을 거쳐 진안의 마이산, 부귀산까지 이어져 있습니다. 금남정맥과 호남정맥으로 갈라져 흐릅니다. 금남정맥과 호남정맥을 합친 이름입니다. 금강 남쪽, 섬진강 북쪽 산줄기입니다.

두만강
백두산
서수리곶산
장백정간
백
원산
두
압록강
청북정맥
낭림산
대
미곶산
청천강
간
청남정간
용흥강
두류산
증악산
대동강
개련산
분수령
금강산
해서정맥
예성강
한북정맥
임진강
장산
백룡산
장명산
백
임진북예성남정맥
문수산
오대산
한강
대전
한남정맥
태백산
칠현산
두
지령산
속리산
금북정맥
대
낙동정맥
한남금북정맥
부소산
금강
낙동강
금남정맥
마이산
간
금남호남정맥
장안산
섬진강
지리산
엄광산
호남정맥
영산강
분산
백운산
낙남정맥

14) 금남정맥(錦南正脈)

금남호남정맥의 마이산에서 서북쪽으로 이어져 충남 금산의 병산과 대둔산, 공주의 계룡산을 거쳐 부여의 부소산까지 이어져 있습니다. 금강 남쪽 산줄기입니다.

15) 호남정맥(湖南正脈)

진안의 마이산에서 웅치를 거쳐 서남쪽으로 묵방산, 내장산, 동남쪽으로 백암산, 남쪽으로 금성산, 무등산, 사자산에 이르고, 동쪽으로 주월산, 조계산을 지나 광양의 백운산에 이릅니다. 크게 디귿자 모양을 이루면서 안쪽(동쪽)으로 섬진강을 에두르며, 바깥쪽(서쪽)으로는 만경강, 동진강, 영산강, 탐진강을 흐르게 합니다.

:: 백두대간을 찾아서 ::

백두대간은 단순한 산줄기가 아닙니다. 이 땅의 시작이며 생명의 근원이라고 할 수 있는 땅입니다. 백두대간 솟구치며 13정맥을 비롯한 수많은 산줄기들 이 땅에 드러나고 강줄기 흐른 것입니다. 강줄기 따라 생명들 모여들고 사람들 또한 마을을 이루고 살게 된 것입니다. 우리 민족에게 있어 백두대간은 생명과 삶을 허락한 생명의 터전이요 하늘의 기운과 지혜 깃든 은총 어린 땅이었던 것입니다. 어디 그뿐인가요. 백두대간은 삼면이 바다인 한반도에서 대륙과 연결된 유일하고 거대한 생태통로로서 한반도 생태계의 보고입니다. 또한 백두산에서 지리산까지 한 번도 끊어지지 않고 이어진 백두대간 산줄기로 인해 동쪽과 서쪽의 기후는 달라지고 지리도 나뉘었습니다. 문화와 언어도 달라지고 역사도 나뉘었습니다. 한마디로 말해서 백두대간은 우리 민족의 신앙과 삶 전체가 응축된 성스러운 산줄기였던 것입니다. 그렇기 때문에 이미 기술한 바와 같이 백두대간의 시작이 되는 산은 '지혜의 머리가 되는 산'인 백두산(白頭山)이어야만 하는 것이며, 백두대간의 남쪽 끝이며 또 다른 시작이라고도 할 수 있는 산은 '세상과는 다른 종류의 지혜를 지니고 있는 산'인 지리산(智異山)일 수밖에 없는 것입니다. 그 지혜가 하늘의 지혜임은 말할 필요도 없는 일입니다.

하지만 우리 민족에게 있어 큰 의미를 지니고 있던 백두대간은 일제 강점기를 지나는 동안 우리에게서 잊혀졌습니다. 조선총독부는 일본인 지리학자 고토 분지로(小藤文次郎)에게 조선의 산을 조사할 것을 명령하였습니다. 그리고 그 고토 분지로에 의해 조선의 전통적인 산악론은 폐기되었습니다. 이 땅을 하나의 유기체로 보던 인문지리학적 관점은 폐기되었습니다. 1대간(백두대간), 1정간(장백정간), 13정맥(낙남정맥, 청북정맥, 청남정맥, 해서정맥, 임진북예성남정맥, 한북정맥, 낙동정맥, 한남금북정맥, 한남정맥, 금북정맥, 금남호남정맥, 금남정맥, 호남정맥)으로 나뉘어 불렀지만 하나의 산줄기로 인식되었던 한국의 산하는 모든 지형적 연관성을 상실한 채 찢겨지고 나뉘어졌습니다. 하나의 산줄기로 인식되던 산들은 아무런 관련이 없는 별개의 산으로 쪼개졌습니다. 백두대간조차도 그 의미를 잃고 아무런 지형적 연관성이 없는 여러 개의 산맥들로 나뉘어졌습니다. 민족의 영산이라는 백두산의 의미도 자연스럽게 사라졌습니다. 그저 이 땅에서 가장 높은 산이라는 의미 외에는 아무것도 남지 않게 되었습니다.

고토 분지로는 조선총독부의 명을 받은 후 두 차례로 나누어 14개월 동안 조선의 산을 조사하였습니다. 그리고 1903년 『조선 산악론』을 발표하였습니다. 100년도 넘은 정말 오래전 일입니다. 과학 발전의 관점에서 보면 아주 멀고도 먼 옛날이라고 해도 조금도 지나치지 않은 오래전입니다. 장비도 원시적이고 신통치 않았던 그 당시 불과 14개월 동안 조사한 것입니다. 고토 분지로는 지질을 바탕으로 산맥을 구분한 새로운 산맥체계를 발표하였습니다. 이 땅에서 교육을 받은 사람들이라면 학교를 다니기 시작할 때부터 외우느라 고생했던 산맥들이 바로 그것입니다. 마천령산맥, 함경산맥, 낭림산맥, 강남산맥, 적유령산맥, 묘향산맥, 언진산맥, 멸악산맥, 마식령산맥, 광주산맥, 태백산맥, 차령산맥, 소백산맥, 노령산맥 등이 그것입니다. 그리고 이 산맥체계는 100년도 훨씬 더 지난 지금까지도 과학적이라고 믿어지며 학교에서도 그대로 받아들여지고 있습니다. 1903년과는 비교 자체가 불가능한 과학의 발전을 이룬 오늘날에도 말입니다.

고토 분지로의 『조선 산악론』에 대한 과학적 문제제기가 없었던 것은 아닙니다. 독일 학자 라우텐자흐는 1945년에 출간된 『코레아─답사와 문헌에 기초한 1930년대의 한국 지리, 지지, 지형』에서 이미 고토 분지로의 한반도 산맥체계는 지질학적 증거가 뒷받침되고 있지 않다고 지적하였습니다. 또한 2004년에 열린 '우리산맥바로세우기 포럼' 창립 기념 세미나에서 발표된 김영표·임은선의 논문 「우리나라 산맥체계의 문제점과 과제─DEM을 이용한 지형분석을 중심으로」는 지질을 바탕으로 산맥을 분석하고 나누었다는 고토 분지로의 주장이 전혀 근거가 없다는 것을 밝혀냈습니다. 지질을 분석해 본 결과 지질학적 동질성이 없다는 것입니다. 한 마디로 과학적 근거가 없다는 것이었습니다. 하지만 이런 주장들은 아직은 받아들여지지 않고 있으며 여전히 논란의 와중에 있습니다. 하루빨리 과학적인 연구가 객관적으로 진행되어 고토 분지로의 주장이 올바른 것인지 아닌지 명확하게 확인되어 정리될 수 있기를 기대합니다.

앞서 기술하였듯이 우리 민족에게 백두대간은 단순한 산줄기가 아닙니다. 이 땅의 뿌리이고 생명의 터전이며 역사의 현장인 동시에 생태계의 보고인 것입니다. 그러므로 우리 안에서 백두대간이라는 이름을 온전히 회복해야 합니다. 우리 아이들에게 온전히 돌려주어야 합니다.

최근 국립공원관리공단이나 산림청 등의 관련 기관들에서 백두대간의 의미를 알려나가고 또 보존하기 위한 노력을 기울이고 있는 것은 매우 고무적인 일입니다. 또한 일부 학교에서도 학교 당국과 선생님들의 노력으로 백두대간에 대해 가르치고 있다는 것은 참으로 다행스러운 일이라 아니 할 수 없습니다.

일제 강점기를 거치며 잃어버린 백두대간을 우리 사회 속에서 온전히 회복시키는 것은 단순히 큰 산줄기의 이름을 찾아주고 전통을 계승하는 데에 그치는 것이 아닙니다. 그것은 민족이 지켜왔던 하나의 세계관을 회복하는 것이며 지리와 역사와 문화를 이해하는 것입니다. 그것은 산줄기 이전에 하나의 정신이며 가치입니다. 이것이 우리가 잃어버렸던 백두대간을 찾아나서야 하는 이유, 우리 안에 백두대간을 온전히 회복시켜야 하는 이유입니다.

자연과 하나 되는 걷기

: : 사람은 걷는 존재입니다 : :

사람은 걷는 존재입니다. 사람이 두 발을 가지고 태어났다는 것은 걸어다니라는 것입니다. 걸으며 보고 만지고 느끼며 자연을 비롯한 다른 생명들과 교감하라는 것입니다. 사람이 교감과 소통의 존재라는 것은 한자어 인간(人間)이란 단어에 잘 드러나 있습니다. 사람을 말할 때 '인(人)'이라고 한 글자로 말하지 않고 '사이 간(間)'자를 더하여 '인간(人間)'이라 표현하는 것은 사람이 다른 생명들과의 관계 속에서 살아가는 존재라는 것을 말해줍니다. 홀로 살아가는 것이 아니라 자연에 깃들어 사는 모든 생명들, 그리고 다른 사람들과 함께 교감하며 살아가야 한다는 것입니다. 다소 철학적으로 표현하면 '사이의 존재'라는 것입니다. 인간이란 말에는 '더불어 사는 존재'라는 의미가 담겨져 있습니다. 소통과 교감을 위해 만나서 만지고 느끼기 위한 가장 첫 번째 행위가 바로 걷기입니다.

하지만 애석하게도 현대를 살아가는 사람들은 걷기를 잃어버렸습니다. 그 이유는 여러 가지가 있겠지만, 생활양식, 주거문화의 변화에 큰 원인이 있습니다. 이러한 변화는 사람들로부터 걷기를 빼앗아 갔습니다. 사람들은 무엇이든 빠르게 행동하고 빠르게 성취하는 속도에 점점 길들여지고, 아파트에 살게 되면서 점점 땅과 멀어졌습니다. 공중에 떠서 먹고 싸고 잠들었고, 어디론가 갈 때도 자동차를 타고 빠르게 이동하게 되었습니다. 두 발이 공중에 붕 떠서 날아가는 것입니다. 붕 떠서 살아가고 있는 것입니다. 두 발로 흙을 밟고 걸으며 생명을 느끼고 자연과 교감을 나눌 기회가 주어지지 않는 삶을 살아가게 된 것입니다.

걸으면서 만나는 것이 무엇입니까? 하늘이고 땅입니다. 하늘과 땅 사이를 걷는 것입니다. 그러므로 걷는다는 것은 하늘과 땅을 만나고 느끼는 것입니다. 그런데 걷는 것을 잃어버리면서 하늘과 땅, 즉 자연과의 관계도 잃어버린 것입니다. 곰곰이 생각해 보면 하늘을 보지 않고 산 지가 얼마인지 모르며 맨발로 흙을 밟아 본 적이 언제인지 기억이 나지도 않는 사람들이 많을 것입니다. 걸어야 자연을 만날 수 있고, 만나야 느낄 수 있고, 느껴야 자연이 주는 생명력의 선물도 받을 수 있는 것입니다. 그래야 자연의 고마움을 알고 자연을 지키려는 마음을 절로 품을 수 있게 되는 것입니다. 그러므로 걸어야 합니다. 걷는다는 것은 잃어버렸던 자연과의 교감을 회복하는 일입니다. 자연과의 교감이란 조화입니다.

우리나라에는 삼재(三才) 사상이라는 고유한 사상이 있습니다. 삼재란 하늘, 땅, 사람을 말합니다. 삼재 사상의 핵심은 이 셋의 조화입니다. 우리나라의 산과 강에 대해 기술한 『산수고』나 『산경표』 같은 책도 모두 이러한 사상에 기초한 것이라 할 수 있습니다. 상징적이지만 우리만의 고유한 삼재 사상이 잘 드러나 있는 곳이 있습니다. 바로 태백산입니다. 태백산에는 세 개의 제단이 있습니다. 정상인 영봉에 있는 '천왕단'(天王壇), 영봉 북쪽의 장군봉에 있는 '장군단'(將軍壇), 영봉 남쪽 아래에 있는 '하단'(下壇)이 그것입니다. 이 세 개의 제단을 통틀어 '천제단'이라 합니다. 천왕단은 하늘에, 장군단은 사람에, 하단은 땅에 제사를 지내는 것입니다. 하늘과 땅과 사람에 제사 지내며 삼자의 조화를 기도한 곳이 바로 태백산인 것입니다.

걷기란 바로 삼재 사상의 핵심적 가치인 조화를 이루기 위한 행위입니다. 조화로운 삶을 위한 출발점입니다. 하늘과 땅과의 조화입니다. 걷기는 우리가 자연의 일부라는 것을 느끼고 알아가는 과정이라 할 수 있습니다. 이것은 매우 중요합니다. 왜냐하면 사람이 자연의 지배자가 아니라 자연의 일부라는 것을 인식하기 시작할 때 자연과의 조화로운 삶도, 자연의 보전도 가능해지기 때문입니다. 이것이 걷기의 또 다른 목적이고 이유라 할 수 있을 것입니다.

　최근 걷기 열풍이 전국적으로 불어 많은 사람들이 걷고 있는 것은 참 다행스러운 일입니다. 하지만 본래 의미에 충실한 걷기를 하지 못하는 경우가 많습니다. 산길을 걸어도, 숲의 소리를 듣고 나무를 만지고 꽃을 바라보고 바람 소리를 듣는 것이 아니라 앞 사람 엉덩이를 보고 쫓아가기 바쁜 일이 많습니다. 속도 중심의 산행을 하기 때문입니다. 이것은 산길을 걷는 것이 아니라 도로를 걷는 것과 다를 게 없습니다. 길은 도로가 아닙니다. 생명력 충만한 숲길은 더더욱 도로가 아닙니다. 도로는 어딘가로 빨리 가기 위한 수단으로 놓은 길이라 할 수 있습니다. 속도가 중요하고, 효율성을 따집니다. 하지만 길은 도로가 아닙니다. 길은 마을과 마을, 사람과 사람, 자연과 사람을 이어주는 공간이며 통로입니다. 삶이 있고 숨결이 있습니다. 생명들과의 교감이 있습니다. 길은 삶입니다. 그 길에서 함께 살아가고 있는 다른 생명들과의 조화입니다. 그러므로 산길은 자연을 호흡하고 숲의 소리를 들으며 천천히 걸어야 하는 것입니다.

:: 사람은 자연의 일부입니다 ::

　사람은 자연의 지배자가 아니라 일부입니다. 우리 민족에게, 자연

(산)은 정복하는 것이 아니라 섬기는 것이었습니다. 사람이 좀 더 편하게 살아가기 위해 마음대로 파괴해도 되는 물건이 아니라 사람의 생명을 낳아주고 품어주는 신성한 존재였습니다. 자연을 사람과 같은 인격체로 생각하였을 뿐 아니라 그 이상의 신령한 존재로 인식했습니다. 자연을 사람처럼 살아 생동하는 실체로 인식하였고, 더 나아가 신령한 기운이 자연 속에 깃들어 있어 자연만이 아니라 사람들의 삶도 주관한다고 믿었습니다.

우리 민족이 섬긴 여러 자연신 가운데 으뜸이 바로 산신입니다. 이는 산이 가지고 있는 의미와 맞닿아 있습니다. 산은 하늘과 맞닿아 있는 곳입니다. 사람의 근접을 쉽게 허용하지 않는 곳입니다. 그래서 산은 땅의 모든 생명을 주관하는 하늘의 뜻이 깃드는 신성한 공간으로 인식되어 왔습니다. 이러한 인식은 단군신화에까지 이어져 있습니다. 고조선을 세운 단군은 죽어 산신이 되었으니, 우리 민족이 산신을 섬겼다고 해서 이상할 것은 조금도 없습니다.

하지만 안타깝게도 산을 섬기는 우리 민족의 이러한 인식은 개발논리와 성장정책에 의해 무너지고 사라진 지 오래입니다. 산과 자연에 대한 훼손과 파괴는 점점 심해지고 있습니다. 하늘과 자연에 대한 경외심이 사라진 탓입니다. 산과 자연을 훼손하고 파괴하는 일은 산에 깃들어 사는 수많은 생명과 사람들, 마을 공동체와 나라까지 파괴하는 일이라 아니할 수 없습니다.

지구는 살아 있는 하나의 생명체입니다. 제임스 러브록의 가이아 이론을 굳이 들먹이지 않더라도, 산은 모든 생명을 품어 살아가게 하는 신성한 생명의 터전이며 모태입니다. 산을 살아 있는 신성한 생명체로 여기는 것은 미신이 아닙니다. 자연을 정복의 대상으로 삼는 섣부른 사고보다 훨씬 과학적이며 자연의 이치에 합당한 생태적이고 실천적인 세계관입니다. 이러한 세계관에 기초한 자연과의 조화야말로 참된 걷기의 출발점이며 전부입니다.

:: 어떻게 걸을 것인가 —자연과 하나 되는 걷기 ::

어떻게 걸을까요? 자연을 느끼며 천천히 걸어야 합니다. 산에 다니는 인구가 1800만을 넘어섰다고 하지만, 산행문화는 여전히 '놀이 중심'이거나 '속도 중심'입니다. 먹고 놀고 빨리 가는 산행문화입니다. 이렇게 걸어서는 자연과 조화를 이루는 걷기가 불가능할 뿐만 아니라 걷는 것이 힘들어져서 걷기가 즐겁지 않을 수도 있습니다.

그렇다면 즐겁게 걷기 위해 어떻게 해야 할까요?

첫째, 천천히 걸어야 합니다. 할 수만 있다면 나무늘보처럼 느리게 걸어야 합니다. 느리게 걷는 것도 쉬운 일이 아닙니다. 풀도 만져보고 야생화와 이야기도 나누고 나무의 진동도 느끼면서 걸어야 합니다.

둘째, 발로 생각해야 합니다. 걷는 만큼 보고 느낄 수 있는 것입니다. 발로 느껴지고 손으로 만져지고 몸으로 전해져 오는 것들에 대해 정직하게 느낌 그대로 받아들이는 것입니다.

셋째, 몸을 열어야 합니다. 흔히 마음을 열어야 몸을 열 수 있다고 생각하지만, 사실은 반대입니다. 몸을 열어야 마음을 열 수 있습니다. 마음공부를 하는 사람들이 때로 오랜 시간 동안 몸을 수련하는 이유가 여기 있습니다. 오랜 시간 걷는 것은 몸을 여는 하나의 과정이기도 합니다. 따라서 때로는 긴 시간을 걷는 것이 필요합니다.

넷째, 자연과 교감하고 소통해야 합니다. 자연의 소리를 들으며 자연과 하나 되는 산행을 해야 합니다. 산행 중 고요히 머물러 나무와 자연의 소리를 들어보는 것은 많은 도움이 될 것입니다.

다섯째, 산과 자연과의 교감 등을 통해 새로워지는 경험을 가지는 것이 필요합니다. 산길을 걷는다는 것은 자연을 느끼며 자연과 하나되는 과정인 동시에 새로워진 나를 만나는 과정이기도 합니다.

걷기의 즐거움에 대해 쓴 헨리 데이비드 소로의 글을 소개합니다. 자연과 하나 되는 해피 트레킹의 즐거움이 담겨 있는 글입니다.

바로 지금
숲속이나 들판을 걷는 것만큼

건강에 좋고 시적인 것은 없다
아무와도 마주치지 않을 땐 더욱 그렇다

걷기만큼
나의 기운을 북돋아주고,
침착하고 바람직한 생각을
불러일으켜주는 것은 없다

그러나
거리나 사회 속에서는
나는 늘
보잘 것 없는 존재로 위축되어
말할 수 없이 초라해진다

하지만
외딴 곳에 떨어져 있는 숲이나 들판
혹은 토끼가 자취를 남기고 지나간
풀밭위에 홀로 있으면,
나는 정신이 맑아지면서
다시 한 번 당당해지고

쓸쓸함이나 고독까지도
나의 절친한 벗으로 다가온다

내 경우에는 이것이
기도를 하는 것만큼이나
가치가 있다고 생각한다

나는 마치
향수병에 걸려 고향으로 돌아가듯
내 고독한 숲길을 걷게 된다

도시에서 벗어나
바위와 나무와 풀로 덮여있는
고독하고 고요한 자연 속을 걷다보면,
부질없는 생각들은 사라지고
주위가 웅장하고 아름답게 느껴진다

우연히 들어간 숲속 빈터에 있으면
마치 유리창을 열고
그 앞에 서 있는 착각이 들기도 한다

나는 주위를 살핀다.
자연의 이 고요와 고독과 야성은
자연의 발한제처럼
내 지성을 샘솟게 한다

나는 바로
이런 것을 얻기 위해서 이곳에 왔다

자연 속에서는 항상
위엄 있고 침착하고 영원하면서도
무한히 우리 힘을 북돋아주는
그 무엇이 있다

마치
눈에 보이지 않는 친구와 만나
걷고 있는 듯한 생각이 든다

그러면 마침내
내 신경은 안정되고
감각과 마음은

제자리를 찾는다

나에게는 이런
걷기야말로 신선한 삶에
자양분이 되는 활동으로 느껴진다
내게는
더할 나위 없이 유쾌한 일이다

솔직히 자연 속에선
돈도 통하지 않는다
나는 자연의 아주 세세한 부분까지도
사랑하고 찬양한다
하나하나 그 의미를 새기면서
풍경을 사랑하기 때문이다
나는 여기에 속한
모든 창조물을 일일이 기억하고 싶다
이렇게 해서 나는
속세의 때를 씻어낸다

나는

다른 동물들을 보통사람들처럼

짐승으로 여기지 않는다

오히려

사람들처럼 거짓말을 하지 않기 때문에

더 마음이 끌린다

그들은 적어도

자만하거나 거드름을 피우거나 어리석지 않다

약간의 결점이 있은들 어떠랴

사람이 숲속에 나타나면

나의 요정들은 어김없이 도망쳐버린다

그렇더라도 숲속에서는

다른 그 무엇을 주고도 얻을 수 없는

귀한 친구를 얻을 수 있다

들과 숲은

내가 살면서 온전히 숨 쉬는 곳이다

그래서 나는 이렇게 서명을 남긴다

이곳은 나의 전부이며

바로 나 자신이라고….

선물

숲은 인류의 미래입니다. 과거에는 숲이 오랜 세월을 거쳐 만들어 낸 화석연료를 사용하며 인류의 미래를 꿈꿔왔지만, 오늘날에는 화석연료를 덜 사용하거나 사용하지 않는 인류의 미래를 꿈꾸고 있습니다. 화석연료의 사용은 지구 온난화를 가속화할 것이기 때문입니다. 지구 온난화를 가져오는 주범은 이산화탄소입니다. 나무는 우리가 광합성이라고 부르는 탄소동화작용을 합니다. 대기 중에 있는 탄소를 흡수하여 자신에게 필요한 포도당을 만들어내는 것입니다. 이렇듯 나무는 대기 중에 있는 탄소를 흡수함으로 지구의 온난화를 막아내고 있는 지구의 수호자입니다. 약 100년 된 느티나무의 몸무게는 약 5톤에 달하는데, 그중 2.5톤이 탄소로 구성되어 있습니다. 놀라운 수치입니다. 약 1만 리터의 공기 중에는 약 2그램의 탄소가 있습니다. 그러니 약 2.5톤이나 되는 탄소를 확보하기 위해서는 무려 125억 톤이라는 엄청난 양의 공기를 흡수해야 합니다. 나무는 탄소 덩어리이기도 합니다. 따라서 수만 년, 수십만 년이라는 오랜 세월 지나며 나무들이 만들어놓은 화석연료를 사용하는 것은 그 수십만 년 동안 나무들이 흡수한 탄소들을 짧은 시간 동안 한꺼번에 쏟아내는 것입니다. 그것의 결과는 우리가 알다시피 지구의 온난화입니다. 이는 지구 환경의 변화를 가져올 것이고 수많은 생명들의 죽음으로 이어질 것입니다.

숲을 지키는 것은 생명을 지키는 것이며 우리의 미래를 지키는 일입니다. 이것은 우리 모두의 일이며 책임입니다. 남녀노소의 구분이 없습니다. 하지만 숲을 지키고 우리의 미래를 살리는 데에 있어서 청소년들의 역할은 더더욱 중요합니다. 그들이 지키고 살아가야 할 미래이기 때문입니다. 그들의 삶의 터전을 지키는 일이기 때문입니다. 수많은 생명들이 함께 어우러져 살아가는 다채롭고 풍요로운 삶을 만들어가는 일이기 때문입니다.

청소년들에게 숲의 소중함을 가르치고 자연을 지켜야 하는 이유를 가르치는 것은 그들에게 풍요롭고 가치 있는 미래를 선물하는 것입니다. 그들에게 아름다운 미래를 선물하는 것입니다. 가치 있는 삶을 그들에게 선물하는 것입니다.

이 책은 청소년들에게 이 선물을 전하기 위한 작은 출발입니다.

이 책은 자연과 숲, 그 안에 살아가고 있는 동식물들을 지키기 위해 노력하고 있는 국립공원관리공단의 고민에 의해 시작되었습니다.

등산인구가 폭발적으로 늘어 최소한 두 달에 한 번은 산을 찾는 등산인구가 1800만이나 된다고 합니다. 하지만 산에 가면 청소년들을 만나기가 쉽지 않습니다. 요즘 청소년들은 별로 산에 다니지 않습니다. 힘든 것을 싫어하게 된 요즘의 세태 탓도 있지만 유년시절부터 자연과 떨어진 환경에서 살아왔기 때문일 것입니다. 청소년들을 숲에 머물게 하고 산과 친해지게 하는 것은 자연을 지키기 위한 첫걸음입니다. 이것은 숲을 지키기 위한 시작이며 가치 있는 미래를 그들 안에 태동시키기 위한 출발입니다.

이 책으로 인해 청소년들이 조금 더 숲을 느끼고 이해할 수 있게 되기 바랍니다. 더 나아가 아름다운 국립공원들을 알고 좀 더 가까워지는 계기가 되기 바라는 마음입니다.

숲은 생각의 대상이 아니라 느낌의 대상이어야 합니다. 느끼고 나누는 벗이어야 합니다. 숲을 친근하게 느껴야 합니다. 숲에 머무는 것이 즐거워야 합니다. 숲을 사랑할 수 있어야 합니다.

이것이 이 책을 쓰고 출간한 이유입니다.

이 책이 만들어지는 데에 도움을 주신 분들이 너무나 많습니다. 국립공원관리공단 탐방지원처 나공주 처장, 김종희 부장, 박종길 차장, 기원주 과장, 도기호 과장, 이전웅 차장, 양두하 과장, 정승준 과장, 서영각 계장 이하 각 분야의 여러 선생님들께서 자문해주시고 의견을 전해주셨습니다. 감사드립니다. 또한 이 일에 적지 않은 관심을 보이고 함께해주신 IBK기업은행 윤재섭 부장, 최재석 팀장, 정민욱 과장, 그리고 여러 장의 사진을 사용할 수 있도록 허락해주신 사진가 이호상 선생께도 깊은 감사를 드립니다.

이 책은 자연이 만든 자연의 기록이며, 그 자연과 함께 살아가고 있고 살아가야 할 사람들의 이야기입니다. 이 책이 자연과 사람들을 잇는 작은 가교가 되기를 바랍니다.

2013년 6월 15일
한강변에서
최창남 두 손 모아

숲에서 만나다

2013년 7월 20일 초판 1쇄 펴냄
2014년 6월 5일 초판 3쇄 펴냄

지은이 최창남

펴낸이 정종주
편집 여임동
마케팅 김창덕

펴낸곳 도서출판 뿌리와이파리
등록번호 제10-2201호(2001년 8월 21일)
주소 서울시 마포구 서교동 451-48 2층
전화 02)324-2142~3
전송 02)324-2150
전자우편 puripari@hanmail.net

디자인 엄혜리
종이 화인페이퍼
인쇄 · 제본 영신사
라미네이팅 금성산업

값 15,000원

ISBN 978-89-6462-029-8 (43810)

이 도서의 국립중앙도서관 출판시도서목록(CIP)은 서지정보유통지원시스템 홈페이지(http://seoji.nl.go.
kr)와 국가자료공동목록시스템(http://www.nl.go.kr/kolisnet)에서 이용하실 수 있습니다.(CIP제어번호:
CIP2013007190)